Dale Mayer

LA FERVEUR DE Michael

HÉROS À LOUER TOME 10

La Grâce de Michael, Héros à louer, tome 10
Beverly Dale Mayer
Valley Publishing Ltd.

Copyright © 2017

Traduit de l'anglais par Sarah Laurent et Valentin Translation

Il s'agit d'une œuvre de fiction. Les noms, les personnages, les lieux, les marques, les médias et les incidents mentionnés sont le produit de l'imagination de l'auteur ou utilisés de manière fictive. Toute ressemblance avec des événements, des lieux ou des personnes, existant ou ayant existé, est entièrement fortuite.

ISBN-13 : 978-1-778866-34-0
Format Print

Résumé

Quand les choses tournent mal dans le monde de Michael, cela prend des proportions vraiment terribles.

Cela fait un an que Michael Hampton, un SEAL aguerri, a mis un terme à sa carrière. Il pensait ne jamais rempiler, mais son ancien commandant l'a appelé pour le prévenir qu'un vieil ami avait été assassiné alors qu'il était sous couverture, et qu'il avait besoin de son aide.

Tout en ayant conscience qu'il pourrait être la prochaine victime, Michael prend la place de son ami dans la maison de l'homme qui finance une cellule terroriste. Sa mission officielle est de découvrir tout ce qu'il peut pour démanteler son opération. Sa mission personnelle est d'identifier le meurtrier de son ami.

Mercy a décroché le poste d'agent d'entretien que sa sœur occupait auparavant – juste avant d'être assassinée. La police étant à court de pistes et de suspects, elle décide qu'il lui incombe de lever le voile sur ce qui s'est passé. À l'intérieur de l'immense maison, elle rencontre Michael et devient immédiatement méfiante… et attirée.

Lorsque leurs chemins se croisent, elle se rend compte qu'il n'est pas non plus celui qu'il prétend être.

Arriveront-ils chacun à découvrir la vérité sur leurs objectifs et sur eux-mêmes ? Ou l'homme qui finance le terrorisme démasquera-t-il les traîtres dans son entourage et s'en occupera-t-il avant qu'ils ne s'occupent de lui ?

Chaque histoire de cette série écrite par plusieurs auteurs est un roman indépendant, et la saga peut être lue dans n'importe quel ordre.

Inscrivez-vous ici pour être informés de toutes les nouveautés de Dale !
https://geni.us/DaleNews

Prologue

L E COMMANDANT DE la marine à la retraite, Greg Lambert, se pencha en avant pour ramasser le tas de jetons que sa main pleine lui avait rapporté. Ce soir-là, il quitterait la réunion hebdomadaire non seulement avec les poches pleines, mais aussi avec sa fierté intacte.

Les grimaces de ses camarades de poker, dues à sa chance inhabituelle, étaient en bonus. Ils s'étaient trop habitués à le voir perdre au stud à cinq cartes. Il était temps de leur apprendre à ne jamais le sous-estimer.

Le vice-président Warren Angelo termina son bourbon et écrasa son cigare cubain.

— On dirait que dame Chance est de ton côté ce soir, commandant.

Après avoir soigneusement empilé ses jetons sur plusieurs rangées devant lui, Greg jeta un coup d'œil autour de lui, à ses amis. À cet instant, il se rendit compte que cette réunion hebdomadaire n'était pas si différente de leurs séances communes au Pentagone durant ses cinq dernières années de service.

Le lieu était désormais le sous-sol du secrétaire d'État, mais la réunion rassemblait toujours des hauts gradés de l'armée, des politiciens, et le directeur de la CIA qui le dévisageait étrangement depuis le début de la soirée.

— Il était temps que la garce me sourie, tu ne penses

pas ? D'habitude, elle vide simplement mes poches et te donne mon argent, répondit Greg avec un rire sec, ses yeux parcourant la vaste salle avec envie avant de se poser sur l'horloge murale.

Il était bien après minuit, l'heure habituelle à laquelle ils se séparaient. Il devait rentrer chez lui, mais à quoi bon ? Quatre murs et le chihuahua méchant de Karen, qui le détestait, l'attendaient. Greg se leva, repoussa sa chaise et s'étira les épaules. Ses camarades de poker partirent rapidement, sauf le vice-président Angelo, Benedict Hughes de la CIA, et leur hôte de ce soir-là, Percy Long, le secrétaire d'État.

Il prit la dernière gorgée de son bourbon, puis posa le verre sur la table. Quand il fit un pas pour s'en aller, ils se déplacèrent pour bloquer son chemin vers la porte.

— Vous avez quelque chose en tête, messieurs ? demanda-t-il, leurs regards froids et sérieux lui hérissant les poils de la nuque.

Ce n'était pas une sensation agréable. Cependant, il la connaissait bien, de ses jours passés en tant que SEAL de la marine. Ce genre de sentiment n'augurait généralement rien de bon. Pas plus que les expressions sur les visages de ces hommes.

Warren se racla la gorge et s'adossa au bar en acajou avec ses garnitures en cuir.

— Il y a eu beaucoup de discussions récemment.

Il jeta un coup d'œil à Ben.

— Nous sommes inquiets.

Greg recula de quelques pas, mettant un peu de distance entre lui et les autres.

— Pourquoi me dites-vous ça ? Je suis hors circuit depuis un moment maintenant.

Greg était à la retraite et s'ennuyait à mourir, mais pas au point de s'attaquer à tout ce qui allait mal aux États-Unis à ce moment-là ou de se battre contre la politique impliquée dans la résolution de ces problèmes.

Ben laissa échapper un souffle sec, puis avala son verre d'eau. Il posa le verre vide sur le bar avec un soupir et croisa le regard de Greg.

— Nous avons besoin de ton aide, et nous n'allons pas tourner autour du pot, lança-t-il.

Les poils de Greg se redressèrent un peu plus.

Ce dernier mit les mains dans ses poches, et fit tinter la monnaie dans celle de droite et ses clés de voiture dans celle de gauche en attendant la mauvaise nouvelle. Rien à Washington D.C. n'était simple de nos jours. Comme si ça l'avait déjà été.

— Crache le morceau, Ben, le pressa-t-il en fixant le plus jeune des yeux. Je t'écoute.

— Les choses ont changé aux États-Unis, et les terroristes sont partout maintenant, commença-t-il.

Greg se retint de rire devant l'euphémisme du siècle. Il était parti à la retraite avant que les récentes attaques intérieures ne débutent, mais il était encore en service le 11 septembre, lors de l'attentat ultime. Le jour qui avait remplacé Pearl Harbor au rang de celui qui resterait à jamais synonyme d'infamie.

— Ce n'est pas une nouveauté, Ben, rétorqua Greg d'un ton de plus en plus frustré. Quel rapport avec moi, si ce n'est que je suis un citoyen concerné ?

— De plus en plus de cellules sont identifiées chaque jour, répondit Ben, sa barbe de fin de journée contrastant fortement avec son visage soudainement plus pâle. Les discussions sur des menaces imminentes ou des événements jihadistes de grande envergure en préparation se font de plus en plus intenses chaque jour.

— Vous comprenez bien que je ne suis plus en service actif, non ? demanda Greg en haussant les épaules. Je ne vois pas en quoi je pourrais être utile là-dessus.

— Nous voulons que tu diriges une nouvelle division à la CIA, intervint Warren. Ghost Ops. Il s'agit d'une division dormante de SEAL qui nous aide à combattre les cellules terroristes clandestines aux États-Unis… et tout autre problème susceptible de surgir par la suite.

Greg éclata de rire.

— Et où penses-tu que je vais trouver ces SEAL ? La plupart sont déployés à l'étranger.

— Nous voulons des SEAL à la retraite, comme toi. Nous avons dépensé des millions pour former ces hommes, et les laisser inactifs, tandis que nous luttons seuls dans cette bataille perdue d'avance, est du gaspillage.

Ben souffla un coup.

— Je sais qu'ils te respecteraient si c'est toi qui leur demandes de rejoindre l'équipe sous contrat que tu dirigerais. Tu aurais bien plus de chances de les convaincre de nous aider.

— La plupart de ces gars sont comme moi, usés jusqu'à la moelle ou blessés quand ils quittent enfin l'armée. Sinon, ils seraient encore actifs. Les SEAL ne démissionnent pas.

À moins que leurs femmes ne soient emportées par un cancer et que leurs enfants soient à l'université, les laissant seuls dans une grande maison alors qu'ils étaient censés voyager ensemble et profiter de la vie.

— De quel genre de menaces parlez-vous ? les questionna Greg, se demandant pourquoi il se laissait guider par une idée aussi stupide.

— Il y en a beaucoup. Chaque jour davantage. Trop pour que nous les combattions seuls, commença Ben.

Warren leva la main.

— Le président subit beaucoup de pression. Il lui reste trois ans et demi de mandat, et l'élimination de ces menaces était une promesse de campagne. Il veut que les cellules soient identifiées et les menaces terroristes éradiquées rapidement.

Ces trois hommes, ainsi que le président, restaient assis derrière un bureau toute la journée. Ils n'avaient jamais participé à une opération sur le terrain, alors ils n'avaient aucune idée de la planification et de l'entraînement nécessaires avant qu'une équipe ne soit déployée. La formation d'une équipe de SEAL usés nécessiterait le double de temps, car chacun d'eux savait mieux que les autres comment les choses devaient être faites. Par conséquent, il n'y avait rien de « rapide » là-dedans.

— C'est une sacrée requête. Je ne pourrai jamais aligner une équipe de douze gars en moins d'un an. Même si je parvenais à les trouver.

Alors, pourquoi était-il aussi excité par ce projet ?

— La plupart sont probablement en train de profiter de la vie sur une plage quelque part.

Exactement là où il serait avec Karen si elle n'était pas morte aussitôt qu'il avait pris sa retraite, quatre ans plus tôt.

— Nous ne souhaitons pas une équipe, Greg, corrigea Percy Long en dépliant les bras et en s'avançant vers lui. Il faut agir discrètement, car nous ne voulons pas affoler le public. Si la gravité des menaces était révélée, les citoyens ne quitteraient plus leur domicile. La presse en ferait tout un cirque jusqu'à créer la panique. Tu sais comment ça fonctionne.

— Alors, si je comprends bien, vous aimeriez avoir des SEAL individuels, des gars en veille qui acceptent d'être appelés pour des missions spéciales, et qu'ils opèrent en solo ? reformula Greg en haussant les sourcils. Ce n'est pas vraiment leur façon habituelle de travailler.

— Des temps inhabituels nécessitent des méthodes inhabituelles, Greg. Ils ont les compétences pour effectuer le travail rapidement et discrètement, déclara Warren.

Greg ne pouvait pas le contredire. C'était exactement ainsi que les SEAL fonctionnaient – ils faisaient tout ce qu'il fallait pour accomplir leurs missions.

Ben s'approcha de lui et posa une main sur son épaule comme s'il s'agissait d'un effort coordonné. Greg ne doutait pas que ce soit le cas.

— Chaque organisation terroriste ou prétendue organisation terroriste a désormais des racines ici. Al-Qaïda, les Frères musulmans, ISIS ou les talibans. Ils ne sont pas ici pour chercher l'asile. Ils recrutent activement des partisans et planifient des événements pour créer un califat sur notre propre territoire. Nous ne pouvons pas laisser cela arriver, Greg, ou les États-Unis ne seront plus jamais les mêmes.

— Tu seras un contractant pour la CIA, et tu seras en mesure de fixer ton prix, intervint Warren.

Greg tourna immédiatement les yeux vers lui.

— Tu seras seul maître de tes décisions. Nous devons pouvoir nier toute implication en cas de problème.

— Bien sûr, répondit Greg en hochant la tête.

Si quelque chose tournait mal, il leur faudrait un bouc émissaire, et ce serait lui dans le scénario présent. Pas très différent des opérations clandestines que ses équipes menaient sous son commandement lorsqu'il était en service actif.

Mon Dieu, pourquoi cette idée stupide lui semblait-elle soudain si intrigante ? Pourquoi pensait-il réussir à la mettre en œuvre ? Et, bon sang, pourquoi pensait-il tout à coup que c'était exactement ce qu'il lui fallait pour sortir de la torpeur dans laquelle il vivait depuis quatre ans ?

— Je peux te fournir une liste de recrues potentielles, des SEAL récemment retraités, et le président dit que tu auras tout ce dont tu auras besoin, poursuivit rapidement Warren. Tout ce qu'il nous faut, c'est ton engagement.

La pièce plongea dans le silence, et Greg regarda profondément chacun des hommes dans les yeux en réfléchissant. Qu'avait-il à perdre ? S'il refusait, il s'éteindrait lentement, d'une mort lente et agonisante, dans son fauteuil à la maison. Ayant seulement quarante-sept ans et étant encore en forme, cela risquait de prendre de nombreuses années.

— Faites-moi parvenir les informations, la liste et le contrat, accepta-t-il.

Une montée d'adrénaline lui fit fléchir les genoux. Il était de retour dans le jeu.

Chapitre 1

MICHAEL HAMPTON ENTENDIT le téléphone sonner. Plusieurs fois. Il éteignit la machine, se retourna, attrapa son portable sur l'établi et sortit. La lumière du jour au Texas commençait à s'estomper. Il regarda le nom affiché sur l'écran et se figea. Pourquoi son ancien commandant le contacterait-il ? Lorsque celui-ci appela une deuxième fois, Michael décrocha et demanda :

— Mon commandant ? Que se passe-t-il ?

— J'ai besoin de toi.

Michael grimaça.

— Je ne suis plus dans le métier, mon commandant. Je suis un civil maintenant. J'ai quitté ce monde, je me suis reconstruit. Je suis sorti, et je compte bien rester dehors.

— Un de tes anciens coéquipiers a été assassiné.

Michael se figea. Il ne voulait pas en savoir plus.

— Assassiné ? répéta-t-il avant de secouer la tête.

Peu importe. Il n'était plus en service désormais.

— C'est trop tard.

— C'est Sammy Austen.

Michael inspira brusquement, puis se pinça l'arête du nez tandis que ses yeux se fermaient de douleur. Même dans une équipe de mâles alpha, il y avait toujours quelqu'un légèrement en retrait par rapport aux autres. Celui que tout le monde surveillait un peu plus. Capable, malgré tout. Ils étaient tous des jeunes hommes déterminés et forts. Toutefois, chaque équipe avait ce gars qui était légèrement à l'écart. Celui qui, dans le monde civil, serait considéré comme l'un des meilleurs, mais dont les compétences étaient jugées plus sévèrement au sein des SEAL.

D'une voix froide, Michael reprit :

— Que s'est-il passé ?

— Il était en mission sous couverture, pour recueillir des informations sur un homme d'affaires finançant une cellule terroriste dans ta région. Un homme d'affaires très respecté avec des ambitions politiques. Sammy s'est porté volontaire pour y aller sous le nom de Sammy Leacock.

— Quand ? le questionna Michael.

Son ton était dur, et son cœur lourd. Il attendait les réponses dont il avait besoin, une sombre détermination s'installant en lui.

— Il est parti il y a trois semaines. Son corps a été retrouvé hier matin.

— Comment est-il mort ?

— Une balle à l'arrière de la tête. Les mains et les pieds attachés.

— Une exécution.

Le ton de Michael était sec. Les deux hommes étaient conscients d'avoir vu cela de nombreuses fois auparavant.

— Oui. On suppose que sa couverture a été compromise, mais ce n'est pas tout, poursuivit le commandant. Il n'a pas été retrouvé seul. Une jeune femme, une domestique de la même maison, a été découverte à côté de lui. Même sort : mains et pieds attachés, balle dans la tête.

— Elle était des nôtres ?

— Non, c'était une civile innocente.

— En êtes-vous sûr ?

Dès qu'il se rendit compte qu'il avait prononcé « des nôtres », Michael sut qu'il avait déjà mentalement replongé. Après un an loin de tout, à dire « non » constamment dans sa tête, au premier signe de la possibilité d'aider un frère d'armes, il était déjà là. Malheureusement, il n'était pas arrivé à temps pour sauver Sammy.

— Autant que nous avons pu le vérifier, elle n'était liée à aucun groupe de renseignements. Elle travaillait depuis plus de six mois dans cette maison. Son passé suggère qu'elle venait d'une famille pauvre, avait peu d'éducation, mais s'était bien débrouillée en devenant domestique là-bas. Son salaire était correct. Son compte en banque était bien garni, cependant sans excès, conforme à ce qu'elle gagnait.

— Vous pensez qu'elle aurait pu s'impliquer avec Sammy et qu'ils ont été éliminés tous les deux ?

— C'est une hypothèse. Sammy a toujours été un séducteur. S'il y avait quelque chose entre eux, il est plausible que le groupe l'ait tuée en pensant qu'elle en savait trop. S'ils voulaient faire disparaître Sammy, ils auraient éliminé la jeune femme de toute façon. Moins de témoins, moins de questions.

— Il n'y avait qu'eux deux ?

— Oui. Tous deux enterrés dans des tombes peu profondes, bien que « enterrés » ne soit peut-être pas le bon mot. Ils n'étaient certainement pas entièrement recouverts.

— Étrange. Inhumation interrompue, peut-être ?

— Peu importe. Ce qui compte, c'est que nous découvrions qui a fait ça à Sammy et que nous obtenions les renseignements sur ceux qui sont derrière cette cellule terroriste.

— Sammy était toujours en service. Alors, pourquoi son équipe ne s'occupe-t-elle pas de cette mission ?

Michael secoua la tête.

— Je comprends qu'il faut garder cela discret, mais il y a un niveau de discrétion, et puis il y a l'extrême.

— J'ai la permission d'aller totalement hors réseau. Je peux recruter n'importe qui, à condition qu'il n'y ait pas de lien évident avec Sammy.

— Dans ce cas, je ne suis pas votre homme. Quiconque vérifierait mon passé verrait très bien que Sammy et moi avons servi ensemble.

— J'ai une nouvelle identité pour toi, prête à l'emploi. Nous allons garder Michael pour ton prénom, toutefois, tu devras te teindre les cheveux et bronzer un peu plus pour paraître d'origine mexicaine. Heureusement, tu parles déjà espagnol.

Michael réfléchit un long moment.

— Pas besoin de trop bronzer. J'ai passé beaucoup de temps dehors récemment.

— Parfait. Alors, tu en es ?

Michael y réfléchit longuement ; enfin, trente secondes. Mais il n'y avait pas vraiment d'autre réponse. SEAL un jour, SEAL toujours, et il ne laissait jamais tomber personne. Sammy était mort en service. Par conséquent, si Michael avait une chance d'identifier les assassins – et de leur faire payer –, il serait là. D'une voix brusque, il dit :

— J'en suis.

MERCY ROMANO FIXAIT des yeux la petite enveloppe contenant les effets personnels récupérés sur le corps de sa grande sœur. Après le choc consécutif à l'identification de la dépouille d'Anna, tout ce qu'elle en avait retiré, c'était un cœur lourd et une petite enveloppe brune de 15×23 cm.

Elle entra dans son appartement, fit bouillir de l'eau pour du thé, prépara sa théière et s'assit lourdement à sa table de cuisine.

— Anna, dans quel genre d'ennuis tu t'étais encore fourrée ?

Bien sûr, il n'y avait aucune réponse. Il n'y en avait jamais. Sa sœur avait toujours été imprévisible. Elle vivait à toute vitesse durant son adolescence, expérimentant tout, des hommes mariés aux drogues dures. Quand elle était partie la dernière fois, ça avait été définitif. Mercy ne l'avait plus jamais revue. Leur mère refusait aussi d'en parler, laissant Mercy comme une fille unique. La seule enfant à qui on demandait d'être parfaite, de faire mieux que sa sœur, de réussir. Elle avait grandi en observant les tentatives ratées de sa sœur de satisfaire les exigences strictes de leur mère. Elle avait été punie, avait essayé de nouveau, avait échoué, avait été punie encore, puis, finalement, avait abandonné. Au lieu de ça, elle avait fait le contraire et s'était complètement débridée.

— J'espère que tu as au moins passé quelques bonnes années là-dedans, ma sœur, dit-elle à haute voix tandis que la bouilloire sifflait.

Elle infusa son thé.

Ses mots lui amenèrent les larmes aux yeux. Personne ne devrait avoir à enterrer sa sœur. Encore moins une sœur avec qui on avait tant essayé de renouer des liens. Et avec beaucoup d'efforts. Anna avait même changé de nom pour Gardini afin de s'éloigner encore plus de sa famille. Quand Mercy avait enfin retrouvé sa sœur, toutes ses tentatives avaient été complètement rejetées. Dans l'esprit d'Anna, Mercy était manifestement de la même trempe que leur mère, donc tout aussi insupportable.

Mercy devait admettre que son enfance avait également été assez difficile. Cependant, elle avait survécu. Elle était maintenant adulte, seule au monde. Sa mère voulait qu'elle devienne médecin ou avocate. Cela n'avait pas si bien marché. Elle n'avait jamais eu les notes requises. Par conséquent, elle travaillait dans le marketing. Assez éloigné du souhait de sa mère pour sentir qu'elle avait fait ce choix elle-même. Mais c'était stressant, chaque nouvelle mission devait être parfaitement exécutée, sinon son poste était menacé. Peut-être qu'après tout cela, elle changerait de carrière. Trouverait quelque chose de plus simple. De moins stressant. Pour l'instant, elle passait souvent ses soirées à décompresser en dansant.

Sa troupe de danse à Houston était le seul exutoire dans sa vie que sa mère n'avait jamais réussi à contrôler. Mercy était douée, mais jamais suffisamment pour devenir une danseuse professionnelle selon les critères de sa mère.

Elle adorait le groupe avec qui elle dansait. Elle adorait le fait de sortir plusieurs soirs par semaine et d'évacuer le stress du boulot. Elle aurait bien besoin d'une session de danse à cet instant, tandis qu'elle regardait ce qu'il lui restait de sa sœur.

L'enveloppe ne contenait rien de personnel. Rien qui indique où et comment elle vivait. Elle n'avait pas encore vu ses affaires. Bien qu'elle ne sache pas vraiment quels biens Anna possédait. Sa sœur avait été déclarée en abandon de poste dans son emploi de domestique chez John Freeman, l'homme politique en pleine ascension, banquier d'investissement et célébrité locale. Pas de meubles, pas d'animaux de compagnie, probablement quelques vêtements personnels en dehors de son uniforme de femme de chambre, et quoi d'autre ? Anna n'était pas du genre à avoir des loisirs ou à aimer lire.

Mercy secoua la tête.

— Tu aimais ce boulot ? Tu étais heureuse de balayer et de passer l'aspirateur, de laver les fenêtres et les murs ? Quelle ironie. Une des plus grandes disputes entre toi et maman était imputable à ton refus d'effectuer les tâches ménagères, et voilà que c'était devenu ta carrière.

Oh, que Mercy aurait aimé pouvoir parler à sa sœur ! Avec une tasse de thé à la main, elle se demandait pourquoi tant de choses avaient mal tourné dans la vie d'Anna.

Elle présumait qu'elle avait des biens personnels, et elle devait donc contacter son patron. Elle saisit son téléphone, toujours en train d'observer l'étrange assortiment d'objets qu'on lui avait donné dans l'enveloppe. Un collier, une bague bon marché, des clés et quelques billets d'un dollar froissés. Rien d'autre.

Où était le reste des affaires de sa sœur ?

Mercy regarda son téléphone et se laissa tomber sur sa chaise. Et maintenant ? Les policiers avaient été assez évasifs, disant qu'ils n'avaient aucune piste pour le moment, mais qu'ils y travaillaient. S'ils n'avaient aucune piste, que pouvait-elle faire de plus pour en apprendre davantage ?

Elle composa le numéro du détective Robertson, qui l'avait contactée au sujet de la mort de sa sœur. Quand il décrocha, elle demanda :

— Où sont passés les autres effets personnels d'Anna ?

Elle perçut de la confusion dans sa voix lorsqu'il répondit :

— Je ne crois pas que quelque chose nous ait été remis. Nous avons fouillé sa chambre au manoir. Cependant, elle avait déjà été vidée. Vous cherchez quelque chose en particulier ?

— Je ne le saurai pas tant que je ne l'aurai pas vu, répliqua-t-elle. J'aimerais garder quelque chose en souvenir d'elle. Un pull, une couverture, un châle… Quelque chose pour me la rappeler.

— Je vais me renseigner.

Il raccrocha, et elle resta là, son téléphone sur la table, à fixer des yeux son carnet de notes.

— Rien de tout ça n'a de sens.

Elle se leva et se versa une autre tasse de thé chaud. Le temps qu'elle se rasseye, tasse en main, son portable sonna.

— Je viens de me le faire confirmer, relata le détective Robertson. Ses affaires nous ont été remises. Toutefois, je n'en trouve aucune trace, donc je dois me mettre à leur recherche. La gouvernante m'a également dit que, si elle mettait la main sur autre chose, elle nous contacterait.

Puis sa voix baissa.

— Connaissez-vous un certain Sammy Leacock ?

Elle secoua la tête, bien qu'il ne soit pas en mesure de la voir, puis répondit :

— Non. Ce nom ne me dit rien, mais je n'ai pas parlé à ma sœur depuis longtemps, donc je ne sais pas à quoi ressemble son cercle d'amis aujourd'hui.

— D'accord. Si nous trouvons quelque chose, je vous en informerai.

Et elle devait se contenter de cela. Ou pas ? Elle regarda le numéro qu'elle avait composé en premier. Elle disposait de trois semaines de congé de compassion – une seule étant payée – qu'elle pourrait utiliser pour découvrir ce qui était arrivé à sa sœur. Bien qu'elle n'ait pas le droit de se mêler de l'enquête de la police, une place venait de se libérer pour un poste de domestique.

Elle obtiendrait sûrement des réponses de cette façon.

Chapitre 2

SURPRISE D'AVOIR EFFECTIVEMENT obtenu le poste, même si elle comprenait qu'elle avait été embauchée temporairement parce que la gouvernante manquait de personnel et était désespérée, Mercy commença à remplacer sa sœur le temps que ses références soient vérifiées. Ses références falsifiées, bien sûr. Cependant, il lui était difficile de se détendre. Non seulement c'était un nouveau travail, mais elle était là sous un faux prétexte, ce qui la mettait mal à l'aise. Elle était honnête et morale, et cela allait à l'encontre de ses convictions – toutefois, sa sœur avait été assassinée. Et les réponses se trouvaient ici. Elle en était convaincue. Par conséquent, elle refusait de partir sous prétexte que c'était « mal ».

Il y avait aussi l'émotion inattendue qui venait avec le fait de marcher dans les pas de sa sœur.

Elle craignait que quelqu'un remarque sa ressemblance avec Anna à tout moment, bien qu'elles aient eu peu de traits familiaux en commun en grandissant. Elle gardait donc la tête baissée et ses mains occupées.

Prendre la place de sa sœur dans cette grande maison semblait correct en théorie, toutefois, la réalité était bien plus sale. Mercy récurait les sols, époussetait et nettoyait les moulures, et désormais elle lavait et essuyait le dessus des cadres des fenêtres et des portes. Bien qu'elle ait été élevée par une mère italienne obsédée par le ménage, cela dépassait tout ce qu'elle avait connu. Elle ne savait pas si c'était la gouvernante qui était obsédée par la propreté ou si c'était la manie du propriétaire. Il n'était pas marié, donc il n'y avait aucune épouse à blâmer.

Peu importait. Mercy n'avait cessé de nettoyer depuis qu'elle était arrivée quarante-huit heures plus tôt. Elle était consciente d'avoir de la chance, car ce travail lui offrait l'opportunité de vérifier les derniers endroits où sa sœur avait été vue, mais elle avait été si occupée qu'elle avait à peine eu le temps de réfléchir. La gouvernante s'était montrée extrêmement exigeante pour s'assurer qu'elle ne traîne pas.

Qu'elle ne traîne pas ? Seigneur, elle n'avait jamais travaillé aussi dur de toute sa vie, et elle se rendait compte à quel point le choix de carrière de sa sœur avait été éprouvant. Pourtant, elle avait tenu six mois ici. Mercy craignait de ne pas tenir une semaine, encore moins trois. Dire qu'elle n'avait jamais réussi à convaincre sa sœur de nettoyer leur chambre quand elles étaient petites. Comment Anna avait-elle réussi à satisfaire Martha pendant tout ce temps ? Pour elle, changer les draps se résumait simplement à les remettre en ordre au lieu de les enlever.

Cela rappela à Mercy qu'elle devait changer ceux des chambres d'amis ce jour-là, car des invités arrivaient.

Elle bénéficiait du gîte et du couvert. Elle était certaine de dormir dans la même chambre qu'Anna avait occupée. Cependant, elle n'avait pas eu l'occasion de se reposer suffisamment longtemps pour s'en assurer. Elle était censée rester dans les quartiers des domestiques au cours de ses trois premiers mois, mais la prolongation de son séjour ferait l'objet d'une discussion entre Martha et elle après sa période d'essai.

Cela ne semblait pas normal.

Toutefois, rien n'était normal ici. Elle avait demandé des informations sur la précédente domestique, mais personne n'avait réagi. Elle se pinça les lèvres et continua.

Un autre employé avait été embauché le lendemain de son arrivée.

Ils auraient dû recruter une autre femme de ménage, mais cela semblait peu probable pour l'instant. La gouvernante avait rapidement mentionné de grands changements à venir, cependant, Mercy ne serait plus là au moment de leur mise en place. Alors, ils travaillaient dur, tous les deux. Le nouvel employé faisait office de jardinier, garçon de piscine, chauffeur, et accomplissait diverses autres tâches. Un boulot énorme pour ce bleu. D'autant que le domaine couvrait quatre hectares. Situé en périphérie de Houston, dans l'un des quartiers huppés, il était suffisamment éloigné pour garantir une certaine intimité, tout en restant proche de toutes les commodités d'une grande ville.

Et il était dirigé par une gouvernante fanatique.

Mercy n'avait pas beaucoup de temps pour se demander pourquoi. Elle devait se rendre au bureau du propriétaire et reprendre le nettoyage. L'invité qui arrivait ce jour-là resterait un bon moment. Cela donnait à Mercy l'occasion de fouiner dans les affaires de M. Freeman, car tout ce qui concernait le domaine était susceptible d'être lié au meurtre de sa sœur et nécessitait une enquête. L'ignorance la consumait. Elle avait peur de franchir cette étape, cependant, ne pas découvrir la vérité sur la mort de sa sœur et le regretter pour le reste de sa vie... eh bien, cela serait impossible à vivre.

Elle n'était pas du genre à créer des problèmes. Au contraire, elle faisait tout pour éviter la confrontation. C'était l'une des raisons pour lesquelles elle était appréciée au travail – elle ne se rebellait pas contre le système. Elle jouait en équipe quand il le fallait, même si elle préférait être indépendante. Souvent, elle prenait la tête de nouveaux projets. Ensuite, quand c'était nécessaire, elle établissait les règles et s'attendait à ce que les autres les suivent. Toutefois, ici, elle se trouvait dans un rôle subordonné, ce qui faisait remonter de vieux souvenirs d'enfance horribles et traumatisants. Elle voyait en tout cas d'un autre œil celles et ceux qui effectuaient des tâches ménagères.

Que se passerait-il si M. Freeman – ou pire, Martha – la surprenait en train de fouiner dans son bureau ? Elle n'avait pas encore rencontré le propriétaire de la maison, bien qu'elle l'ait aperçu. Jusqu'à présent, il l'avait ignorée. Elle avait compris qu'elle n'était pas jugée suffisamment digne pour qu'il lui adresse la parole.

Elle entra dans la pièce et se tint dans l'embrasure de la double porte, observant le vaste bureau en acajou foncé. C'était austère, sobre et déprimant. Elle se dirigea vers les rideaux et les ouvrit. Elle vérifia si des nuages de poussière s'élevaient.

Bien sûr, ce ne fut pas le cas. Sa sœur les avait probablement nettoyés une fois par semaine. Le fait que Mercy retraçait chaque pas que sa sœur avait fait avant sa mort réveillait des souvenirs nostalgiques qu'elle peinait à réprimer. Elle sortit le vaporisateur, la raclette et le chiffon en microfibre de son chariot de ménage, afin de nettoyer et de sécher chaque vitre sans laisser de traces, avant de passer à la suivante.

Elle s'occupa rapidement d'épousseter la surface du bureau, tira légèrement sur les poignées des tiroirs, ouvrant à peine ceux-ci pour enlever la fine couche de poussière sur le bord supérieur, puis les refermant rapidement avant de passer au suivant. Ensuite, elle se dirigea vers les grands classeurs en chêne, et répéta le même processus. Toutes les portes des classeurs étaient verrouillées. Lorsqu'elle eut enfin terminé, elle s'avança vers la porte et vit le propriétaire qui se tenait là, les mains dans les poches, l'observant avec un regard froid. Elle se figea, puis lui sourit largement.

— Bonjour.

Il y avait quelque chose d'étrangement reptilien dans ses yeux. Cela étant, elle cherchait peut-être des raisons de ne pas l'aimer. Il n'avait rien fait pour sa sœur. Il l'avait traitée comme une esclave. L'homme inclina doucement la tête et s'écarta alors qu'elle se précipitait hors de la pièce. Elle poussa rapidement son chariot de ménage plus loin dans le couloir vers la première chambre d'amis.

Elle sentait le regard de M. Freeman qui la perçait dans le dos, mais elle n'osa pas se retourner. Elle devait paraître totalement détachée, même si le moment était suspect. Cela avait-il un rapport avec son travail autour du bureau ? Y avait-il des caméras ou des capteurs dans la pièce ? S'il était impliqué dans des activités corrompues ou illégales, cela expliquerait qu'il ait mis en place des mesures de sécurité renforcées. D'un autre côté, peut-être était-il simplement venu dans son bureau pour travailler.

Elle chassa cette idée de sa tête pour le reste de la journée. Lorsqu'elle prit sa pause déjeuner, elle se rendit dans la cuisine où le cuisinier avait préparé un sandwich et un verre d'eau pour elle.

D'une voix basse, elle demanda :

— Est-ce qu'il y a un endroit à l'extérieur où je pourrais m'asseoir ?

Le cuisinier désigna une petite terrasse sur la gauche.

— Le personnel va là-bas. Ne va pas sur les autres terrasses.

Son ton était dur, mais plus parce qu'il était occupé que parce qu'il était désagréable. Elle l'espérait du moins…

Elle prit son verre et son assiette, puis sortit, s'installa à l'ombre et mangea. Ce monde était tellement éloigné du sien. Elle n'arrivait pas à imaginer que sa sœur ait vécu ici.

Anna n'était plus la même que celle que Mercy avait connue. Que s'était-il passé ? Non qu'agent d'entretien ne soit pas un bon métier, mais elle n'avait jamais vu sa sœur travailler.

Elle avait presque fini son sandwich lorsqu'elle leva les yeux et aperçut le jardinier qui passait avec de grandes cisailles à la main et une poignée de mauvaises herbes, avant d'étudier le parterre à côté de la terrasse. Quelque chose dans son profil attira son attention.

Son visage semblait usé par le temps, comme celui de quelqu'un qui passe beaucoup de temps à l'extérieur, ce qui correspondait bien à son rôle. Cependant, la façon dont il observait le massif, comme s'il était en alerte, était étrange. Elle termina sa dernière bouchée, prit une longue gorgée d'eau et dit :

— Bonjour, je m'appelle Mercy Romano.

Il releva la tête et la considéra. Ses yeux bleus perçants la figèrent. C'était comme s'il avait un cerveau robotisé, enregistrant qui elle était, ce qu'elle faisait là, et pourquoi.

Quand il tourna son regard vers la porte derrière elle, elle se sentit libérée d'un fil invisible.

Il inclina la tête et répondit d'une voix basse, profonde et douce :

— Bonjour.

Sa voix contrastait tellement avec ce à quoi elle s'attendait qu'elle fut surprise un instant.

— Je viens d'arriver, expliqua-t-elle. Nous avons commencé à un jour d'intervalle.

Son regard se radoucit légèrement. Il opina du chef.

— Félicitations pour l'obtention du poste.

— À vous aussi.

Il se pencha, arracha une minuscule mauvaise herbe qui avait osé surgir à travers les pierres, puis s'éloigna.

Mercy se leva et le regarda s'éloigner. Il y avait quelque chose chez lui, comme s'il était prêt à bondir à tout moment. Ses mouvements étaient contrôlés, mais décontractés. Elle n'arrivait pas à l'expliquer. Toutefois, sa carrure était si impressionnante qu'elle se demandait comment il pouvait être l'opposé de ce qu'elle s'imaginait d'un jardinier. Elle s'était attendue à quelqu'un de mince, détendu, tranquille – rien à voir avec lui.

Il ne lui avait même pas dit son nom. Sa pause n'était pas encore terminée. Elle prit son assiette pour retourner à l'intérieur. Une fois dans la cuisine, sous les yeux scrutateurs du chef, elle grimaça en rangeant ses couverts dans le lave-vaisselle.

Avec un sourire d'excuse, elle lui demanda :

— Y a-t-il du café ?

Son visage s'éclaira, et il montra une cafetière sur le côté.

— Sers-toi. La crème est dans le frigo.

— Noir, c'est parfait pour moi. Merci.

Elle se servit une tasse de café et, avec un petit hochement de tête, elle répéta :

— Merci.

Puis elle retourna sur la terrasse.

Elle reprendrait le travail, mais pas trop tôt. C'était vraiment difficile de se réjouir à l'idée de récurer les murs suivants. Elle comprenait que beaucoup de femmes trouvaient de la satisfaction à entretenir les maisons, cependant, il y avait une différence entre entretenir et être absurde. Ce n'était pas un hôpital. Il n'était pas nécessaire de désinfecter de cette façon, mais c'était l'impression qu'elle avait. D'un autre côté, peut-être était-ce un simple nettoyage de printemps. Ou bien effaçaient-ils les traces de la présence de quelqu'un, comme sa sœur ?

MICHAEL SE DIRIGEA vers le cabanon de jardin pour ranger ses cisailles. Normalement, il aimait travailler à l'extérieur. Mais rien n'était agréable dans ce job. Quelque chose clochait sérieusement dans ce domaine. Sammy devait le savoir. Comment avait-il pu baisser sa garde au point de se retrouver pris dans un piège qui lui avait coûté la vie ? Michael ne comprenait pas non plus la relation qu'il avait avec la femme tuée à ses côtés.

La nouvelle femme de ménage semblait timide, silencieuse. C'était probablement la personnalité idéale pour ce poste. Lui, en revanche, devait fournir des efforts pour être respectueux. Heureusement, ses années dans l'armée l'y aidaient. Ayant terminé son tour du grand jardin, il marcha vers la Lincoln qu'il devait conduire pour le propriétaire. Elle avait besoin d'un bon lavage et d'un coup d'aspirateur. Il la déplaça vers la zone de nettoyage, sortit le tuyau et les éponges. Bien qu'il n'ait pas encore mangé, il commença par astiquer l'intérieur du véhicule. Cela lui donna l'occasion de l'inspecter minutieusement. Il espérait trouver quelque chose dans les sièges ou les vide-poches.

À la fin, il mit la main sur quelques pièces de monnaie tombées de diverses poches, quelques reçus – un pour de l'essence et un autre d'un magasin de lingerie local – qu'il mit de côté pour les examiner plus tard, et quelques détritus qui n'étaient d'aucune utilité. Quand il eut terminé de passer l'aspirateur et d'essuyer l'habitacle, il se concentra sur le siège passager. Il fouilla soigneusement la boîte à gants, en nettoya l'intérieur et l'extérieur, vérifiant au passage tout ce qui paraîtrait suspect.

Il espérait que Sammy avait peut-être laissé un message pour expliquer ce qui avait mal tourné. C'était le deuxième jour de Michael. Il s'était installé dans les quartiers des domestiques, mais avait passé la première partie de sa journée à recevoir ses instructions de Bruce, son supérieur direct, et de Martha, la gouvernante en chef. Ensuite, il était resté la plupart du temps dans les jardins, à s'acclimater à la disposition du domaine tout en remplissant ses fonctions de jardinier. Il cherchait aussi un accès aux deux sous-sols du manoir que Ice avait identifiés via les plans et le permis de construire. Il n'en avait pas encore trouvé, mais il ne comptait pas abandonner. Il n'avait a fortiori pas eu l'occasion d'examiner attentivement la chambre de Sammy. Toutefois, elle était impeccable et vide.

Apparemment, il y avait eu un fort taux de rotation du personnel ici. Était-il possible que les affaires de Sammy soient encore là ? Michael espérait qu'elles n'avaient pas encore été emballées et jetées. Cela pourrait être l'une des tâches qu'on lui assignerait, et, dans ce cas, il n'avait aucune intention de s'en débarrasser, mais plutôt de tout étudier minutieusement. Néanmoins, cette besogne ne lui avait pas encore été confiée.

Il acheva le nettoyage de l'intérieur de la voiture, ouvrit le robinet et s'attaqua à l'extérieur du véhicule.

La Lincoln était flambant neuve. Elle était en excellent état, et, malgré une inspection minutieuse, il ne remarqua pas une seule trace de saleté. Il était certain qu'aucune empreinte digitale n'était visible à l'avant. Toutefois, il n'en trouva également aucune à l'arrière, dans la section des passagers. Quelqu'un avait donc récemment lavé la voiture. Pourquoi ?

Il devait encore vérifier le coffre, mais la clé était cassée dans la serrure, ce qui accroissait son envie d'y accéder. Il finit rapidement de shampouiner le véhicule et le rinça. Il appliqua une légère couche de cire pour lui donner un bel éclat brillant. Puis il força l'ouverture du coffre avec un tournevis. Après quelques minutes à bidouiller le mécanisme, il parvint à extraire la clé cassée et à remettre la serrure en état de marche. Il se concentra ensuite sur le coffre vide.

Il prit son temps pour arranger la moquette – qui semblait avoir été arrachée à l'arrière – tout en vérifiant minutieusement en dessous pour détecter d'éventuelles traces de sang. Il ne pouvait compter que sur son œil expérimenté. Faire quoi que ce soit de plus attirerait les soupçons des nombreux gardes présents sur la propriété. Quelqu'un le remarquerait. En réalité, il avait l'impression d'être surveillé depuis son arrivée. L'arrière du coffre était propre, et il n'y trouva rien d'autre à part quelques éraflures. Après un examen plus approfondi, il conclut qu'elles n'avaient pas été faites par des ongles, comme il le craignait. Plutôt par des valises ou des cartons qui avaient été chargés et déchargés par quelqu'un qui n'avait pas été aussi soigneux qu'il aurait pu l'être.

Si de l'ADN était présent à l'intérieur ou sur ces éraflures, il fallait le savoir. Les preuves médico-légales étaient essentielles pour obtenir une condamnation. En revanche, la manière dont il recueillerait ces preuves de façon à ce qu'elles soient recevables en justice était une tout autre histoire.

Ce n'était pas son problème – c'était celui du procureur. Le problème de Michael était de découvrir qui avait pris la vie de Sammy. Si ce salaud était encore en vie à la fin de cette opération spéciale, Michael en serait très surpris.

Une ombre apparut à l'angle de la maison. Il referma le coffre, se tourna et vit la gouvernante, accompagnée de l'un des hommes travaillant dans la maison, qui avait descendu plusieurs cartons. Michael s'approcha pour obtenir les instructions de celle-ci.

— Emmène tout ça à la police, s'il te plaît. Tu dois venir chercher M. Freeman ici à seize heures. Tu as suffisamment de temps pour les déposer et revenir.

Michael hocha la tête, prit les clés, se dirigea vers la Lincoln et la recula. Là, il rouvrit le coffre, n'ayant plus de soucis avec celui-ci, et chargea rapidement les cartons. Il savait déjà qu'il y avait un traceur dans la voiture, donc il était limité dans ses déplacements, car tout détour serait questionné. Dès qu'il quitta l'allée, il sortit son téléphone. Plutôt que de passer un appel susceptible d'être entendu, il envoya un texto.

Il ignorait si les cartons contenaient des affaires d'Anna ou de Sammy, ou quelque chose de complètement différent, mais il n'aurait pas beaucoup de temps ou d'opportunités de les examiner. Il avait besoin que quelqu'un le rejoigne au commissariat pour prendre possession du matériel.

Arrivé au poste, il se gara à l'arrière du bâtiment. Il sortit et se figea en apercevant deux personnes qu'il ne s'attendait pas à voir ici.

Un homme sortit de l'embrasure de la porte du commissariat. Celui qui patientait sur le côté le rejoignit.

Michael salua d'un signe de tête Merk et Levi, et s'écarta de quelques pas pour appuyer sur le bouton de sa clé et ouvrir le coffre. Il les connaissait de vue, de nom et de profession. Ils étaient passés dans le secteur privé après avoir quitté l'armée afin de s'éloigner de tout cela. Le fait que le commandant les ait aussi impliqués était très intéressant. Il devait vraiment avoir besoin que cela reste discret.

Les deux gars sortirent les boîtes de l'arrière du véhicule et ouvrirent un des rabats.

Michael désigna un petit presse-papier, disant d'une voix basse et dure :

— Je reconnais ça. C'est à Sammy.

D'une voix plus forte, Levi lança :

— Merci de nous avoir apporté tout ça.

Avec un signe de tête sec, il glissa à Michael un petit bout de papier, attrapa un carton et entra dans le commissariat.

Michael posa le reste des boîtes au sol, sachant qu'il obtiendrait des détails sur leur contenu plus tard. Maintenant qu'il avait la confirmation qu'au moins certains de ces objets appartenaient à Sammy, il ne pouvait qu'espérer qu'il y aurait quelque chose d'utile pour cette mission, même s'il en doutait. Ce n'était pas le genre de Sammy. Toute information serait bien cachée. Et cela impliquait son propre appartement. Il l'avait fouillé plusieurs fois, mais il regarderait de nouveau.

Le temps pressait s'il voulait récupérer M. Freeman avant seize heures. Il remonta dans le véhicule et démarra le moteur. Il se rendit à la sortie du parking et s'arrêta un moment pour laisser passer la circulation. Lorsqu'une ouverture se présenta, il s'engagea.

Il pensa à toutes les voies que l'on pouvait emprunter après avoir quitté l'armée et à tous ces hommes exceptionnels qu'il avait rencontrés au fil des années. Levi et Merk faisaient partie de ceux-là.

Au feu suivant, Michael déplia le mot que Levi lui avait remis et le lut. **Heureux de te revoir. Viens travailler avec nous quand ce sera terminé.**

Il secoua la tête. *Je ne suis pas prêt pour ça, Levi.*

Il reprit le chemin du domaine. Il n'était revenu dans ce monde que pour Sammy.

Y retourner durablement n'était pas dans ses projets.

Et les cauchemars… Parfois, les cauchemars étaient dévastateurs. À moins que Levi ne lui propose un mode de vie qui lui permettrait d'avancer sur le plan personnel tout en aidant les autres, tout en limitant la fréquence des mauvais rêves, Michael n'était pas intéressé. D'un autre côté, il était difficile de ne pas reconnaître combien l'adrénaline qui parcourait son organisme lui plaisait, combien il appréciait le fait d'être sur le terrain, combien ce style de vie lui convenait. Il était doué pour ce qu'il faisait. Il était simplement épuisé.

Toutefois, ce n'était pas le moment de prendre des décisions sur son avenir. Tout était en suspens jusqu'à ce qu'il obtienne justice pour Sammy.

Chapitre 3

DEUX JOURS PLUS tard, Mercy avait beaucoup plus de respect pour sa sœur et les autres qui exerçaient ce métier, et beaucoup moins pour leurs employeurs. Une atmosphère froide l'entourait, et elle ne comprenait pas comment sa sœur avait réussi à supporter cela. Il lui avait fallu quelques jours pour s'habituer au côté physique des tâches et à leur monotonie. Sans stimulation intellectuelle, cela lui était plus difficile. Elle aimait les défis, mais elle n'appréciait pas celui qui consistait à aller plus vite pour le dépoussiérage. Elle n'était pas paresseuse et pouvait faire le travail, cependant, elle était reconnaissante de ne pas être là de façon permanente.

Par ailleurs, il y avait la frustration d'être ici depuis plusieurs jours sans avoir trouvé quoi que ce soit d'intéressant. Comment était-elle censée découvrir quelconque indice sur le meurtre de sa sœur alors qu'elle ne faisait qu'épousseter, nettoyer et frotter ?

Elle avait passé sa propre chambre au peigne fin, mais n'avait rien découvert qui indiquerait que sa sœur y avait séjourné. Quelqu'un au manoir devait sûrement être au courant de quelque chose. Pourtant, personne ne lui parlait.

Elle n'avait pas eu l'occasion de recontacter le détective non plus. Il y avait tellement de tension dans cette maison qu'elle avait l'impression de devoir vérifier chaque coin, comme si elle était épiée. Pourtant, elle ne voyait jamais personne. Malgré cela, le sentiment persistait.

Elle avait pleinement conscience qu'il y avait probablement des caméras partout, ce qui lui laissait peu d'endroits pour chercher sans être observée. Elle essayait d'être plus amicale avec le personnel, mais c'était comme se heurter à un mur de glace. Sachant que son comportement était surveillé, ses actions scrutées et ses paroles analysées, elle se repliait de plus en plus sur elle-même. Elle mangeait seule, travaillait principalement seule et avait très peu de contacts avec l'extérieur. Si c'était ainsi que sa sœur vivait, elle la plaignait.

Il devait sûrement y avoir un petit ami, quelqu'un qui se souciait d'elle. D'après ce que tout le monde ici savait, Mercy Romano n'avait aucun lien avec Anna Gardini – du moins, elle l'espérait. Par conséquent, elle n'avait aucun droit de poser des questions, sauf par curiosité morbide vis-à-vis d'une personne décédée, ce qui ne ferait qu'attirer l'attention sur elle. Une attention qu'elle ne souhaitait pas. Il semblait que tout le monde savait qu'elle ne répondait pas aux attentes de la gouvernante. Peut-être que c'étaient ses nerfs, mais elle avait l'impression d'être observée.

Plusieurs fois, elle s'était retournée, convaincue d'être épiée – pour finalement ne trouver personne.

Elle entra dans la réserve de la cuisine pour ranger les chiffons dépoussiérants et autres accessoires. Il était temps de s'occuper des fenêtres de la salle à manger. Elle attrapa les produits d'entretien nécessaires, le petit escabeau, et se dirigea vers la salle à manger. Puis s'arrêta. La pièce n'était pas vide. D'une voix basse, elle dit :

— Je suis censée nettoyer les vitres ici. Cela vous dérangera-t-il ?

M. Freeman, le propriétaire, leva la tête, un air fatigué

dans les yeux. Son regard passa de Mercy aux fenêtres puis de nouveau à elle.

— Non, ça va. Allez-y.

Elle se dépêcha d'aller vers la première des trois grandes fenêtres, plaça son escabeau et y monta. En nettoyant, elle regarda autour d'elle et remarqua les caméras sur le côté opposé. Évidemment. Elle ne pourrait rien chercher dans cette pièce, même si le propriétaire n'y était pas.

Elle s'occupait de la deuxième fenêtre quand un des associés de ce dernier entra et lança :

— Nous avons des problèmes avec les caméras de surveillance à l'intérieur de la maison.

— Quel genre de problèmes ?

— Elles clignotent sans arrêt.

— Eh bien, appelez cette foutue société de sécurité.

— C'est fait. Ils envoient un technicien.

— Cela affecte-t-il la sécurité extérieure ?

Cette fois, la voix de M. Freeman était plus dure.

L'associé hocha la tête.

— Oui, monsieur.

Mercy détourna le regard après avoir entendu la conversation. Elle ne voulait pas leur rappeler sa présence. Mais un problème avec le système de sécurité serait une aubaine pour fouiner un peu. Cependant, la principale panne semblait se situer à l'extérieur du domaine. Le « clignotement » à l'intérieur du manoir ne lui offrait donc pas une véritable opportunité. Ses chances d'exploiter cette interruption de la surveillance étaient évidemment très minces.

— Doublez la sécurité du périmètre, ordonna M. Freeman.

— C'est déjà fait.

M. Freeman hocha la tête.

— Le personnel de la salle de surveillance doit tout observer en continu, au cas où le technicien serait dehors. Assurez-vous qu'il exécute son travail et ne se mêle pas de mes affaires.

L'associé répondit :

— Ça, je m'en occupe.

Il fit demi-tour et sortit.

Mercy finit de nettoyer la deuxième fenêtre et déplaça son escabeau vers la troisième. Là, elle grimpa jusqu'au sommet et frotta la vitre.

— Comment trouves-tu ton nouveau boulot ?

Le ton de sa voix, ainsi que le fait qu'il s'adresse à elle, la surprit tellement qu'elle faillit perdre l'équilibre. Elle s'agrippa à l'escabeau. Une fois stabilisée, elle regarda M. Freeman et répondit avec un petit sourire :

— Ça va.

Son regard perçant scrutait son visage. Elle déglutit difficilement et baissa les yeux, espérant adopter une attitude suffisamment soumise. Lorsqu'elle leva de nouveau le regard, il avait déjà baissé la tête et consultait les papiers sur la grande table de la salle à manger. Il avait un immense bureau, donc elle ne comprenait pas pourquoi il était ici. Toutefois, des classeurs et des documents s'étendaient sur tout un côté de la longue table.

Elle termina la vitre, plia son escabeau, attrapa ses produits d'entretien et passa devant lui. Elle s'arrêta.

— J'ignore si vous avez une assistante ou non, mais j'ai acquis un peu d'expérience en aidant ma mère avec ses papiers… Elle avait une petite entreprise de couture.

Elle fut horrifiée de l'aisance déconcertante avec laquelle ce mensonge sortit de sa bouche.

Il leva les yeux, surpris.

Elle lui adressa un petit sourire et poursuivit son chemin. Elle avait lancé l'appât. Qu'il morde ou non dépendait de lui. De retour au placard de la cuisine, elle rangea les produits et regarda le planning que la gouvernante avait préparé pour elle. Mercy était prévue pour la lessive. Super. Elle était en retard. Elle secoua la tête. Rien de nouveau. Dans un coin de son esprit, elle se demandait si Martha n'essayait pas volontairement de la pousser à échouer pour qu'elle soit renvoyée.

Ce travail la faisait se sentir inadéquate, et pourtant ce n'était que du simple nettoyage. Ses épaules s'affaissèrent déjà à la pensée des dix lessives encore à laver, sécher, plier et ranger. Elle entra dans la grande buanderie et y trouva quelques machines déjà en marche et plusieurs piles prêtes à être triées et pliées. Il y avait même du repassage à faire. Qui repasse encore de nos jours ?

Ces gens étaient plus riches que Dieu. Ils pouvaient sûrement se permettre d'acheter des chemises qui ne se froissent pas. Toutefois, se plaindre ne l'avait jamais menée nulle part. Elle s'y mit sérieusement et plia les serviettes. Elle avait déjà eu droit à une leçon sur la manière correcte de les plier et sur la façon de tout parfaitement ranger dans les armoires. Elle devait admettre que le résultat était joli, mais cela ne valait certainement pas le surcroît de travail associé, surtout en considérant tout ce qu'elle avait encore à faire ce jour-là.

Ce n'était que la deuxième fois qu'elle se rendait à la buanderie pour s'occuper du linge, et elle peinait encore à se remémorer toutes les instructions dans sa tête. Elle regarda autour d'elle pour voir si des consignes étaient affichées au mur. Un morceau de papier traînait près de la porte. Elle s'approcha avec une serviette à la main pour le ramasser, mais ce n'était pas ce qu'elle cherchait. Elle fronça les sourcils, scruta de nouveau autour d'elle, puis haussa les épaules. Quelques minutes plus tard, la porte s'ouvrit et la gouvernante entra.

— Que cherchons-nous ? demanda-t-elle.

Mercy haussa les sourcils.

— Pardon ?

— La sécurité m'a informée que tu furetais dans la buanderie, lâcha-t-elle d'un ton froid. Qu'est-ce que tu cherchais ?

Waouh ! Je ne savais pas que j'étais sous si étroite surveillance.

— Les instructions que vous m'avez données oralement concernant les quantités exactes de détergent pour chaque type de linge. J'espérais que…

Elle désigna la feuille par terre.

— Ce serait un rappel des consignes.

La gouvernante la fixa intensément des yeux et annonça :

— Je vais les écrire et les apporter.

Puis elle quitta la pièce en refermant la porte énergiquement derrière elle.

Le bruit sec de la porte claquée ressemblait presque à celui d'une porte de prison. Incroyable. Elle allait rester ici plusieurs heures, peu importe l'ampleur de sa charge de travail. Aucune chance qu'elle réussisse à terminer cet énorme volume de serviettes, de draps et de repassage.

Avec une sensation de découragement, elle se dit qu'il était temps de se concentrer et de s'y mettre. Elle comprit rapidement à quel point son espoir de découvrir plus d'informations sur Anna en travaillant ici était vain. Elle devait s'éloigner de cet endroit et rentrer chez elle. Il n'y avait pas d'autre option. Peut-être que c'était la finalité de tout cela. Peut-être qu'elle devait en venir à accepter de laisser les autorités agir.

Deux heures plus tard, elle était toujours dans la buanderie lorsque la gouvernante revint. Elle déposa une feuille de papier sur le mur à côté des machines.

— Voici les instructions.

Elle repartit sans prononcer un mot de plus.

Mercy regarda sa montre. Il était presque midi, et elle avait largement dépassé le temps alloué pour terminer la lessive. Pourtant, elle n'était qu'à mi-chemin. Elle savait qu'à la fin de son service, elle aurait droit à une nouvelle leçon, voire à un licenciement. Elle secoua la tête. Peut-être que ce serait mieux ainsi. Elle était réputée pour être une employée consciencieuse dans le cadre de son vrai travail, mais ici, elle avait constamment l'impression de ne jamais en faire assez, de ne jamais être reconnue pour ce qu'elle avait accompli. Pourtant, son esprit combatif et son sens de l'honneur restaient intacts.

Il lui fallut encore plus d'une heure pour finir de s'occuper du linge. Lorsqu'elle entra dans la cuisine pour déjeuner, elle trouva un sandwich sur le comptoir, dont les bords étaient déjà secs. Elle jeta un coup d'œil au chef.

— Vous êtes en retard, gronda-t-il, irrité.

Elle acquiesça, fatiguée.

— Trois heures et demie à la buanderie.

Elle attrapa son sandwich et un verre de lait, et sortit. Elle s'assit et contempla les jardins impeccables, en pensant aux caméras de surveillance qui clignotaient. Même avec ces rares et inconnues fenêtres de tir, il n'y avait toujours aucune chance qu'elle découvre quoi que ce soit sans être prise. C'était sûrement le moment de mettre fin à cette mission insensée. Cependant, dans ce cas, elle aurait l'impression d'abandonner sa sœur.

PENDANT CE TEMPS, à l'intérieur du domaine, Michael changea ses plans en voyant les techniciens intervenir sur les caméras. Il avait bien saboté le système sans que cela ait l'air d'un acte de malveillance. Il allait devoir faire en sorte de ralentir toute tentative de réparation. Ou du moins de prolonger suffisamment les travaux pour obtenir un laps de temps sécurisé afin de fouiller la propriété. Pour l'instant, il luttait contre le syndrome du « Oui, maître », signe d'une obéissance forcée.

Quand il était dans l'armée, il n'avait aucun problème à suivre les ordres, car il croyait au système. Maintenant, il avait envie de donner des baffes pour obtenir les informations dont il avait besoin. L'un de ces salauds avait probablement tué Sammy. Michael voulait savoir qui.

Ce matin-là, la sécurité n'avait à aucun moment découvert que Michael avait effectué plusieurs petites entailles dans les câbles, puis les avait inondés avec les arroseurs. Ils étaient complètement trempés, et les caméras clignotaient. Le système de surveillance allait être court-circuité par l'eau.

Il avait aussi sectionné une ligne dans une zone plus éloignée des jardins pour semer la confusion chez ceux qui essayaient de réparer l'installation. Il devait les retarder. Le système de sécurité intérieur était plus compliqué. Il n'avait accès qu'à une petite partie de celui-ci, mais il avait fait ce qu'il pouvait avec les moyens à sa disposition.

Il n'était pas électricien, cependant, il se débrouillait plutôt bien avec une pince coupante. À la fin de la journée, l'installation n'était toujours pas réparée, et il retourna dans son petit appartement au-dessus de l'ancien garage utilisé principalement pour du stockage et l'entretien des véhicules. C'est là qu'il aperçut de nouveau la nouvelle femme de ménage. Il l'observa. Il l'avait croisée plusieurs fois, assise sur le petit porche, mangeant ce qui ressemblait à du pain sec. Selon lui, elle ne tiendrait pas longtemps.

Elle semblait fatiguée, épuisée, et, comme lui, frustrée. Cela l'intrigua. Il se prépara un sandwich. Il n'avait pas acheté grand-chose, toutefois, il ne voulait pas manger dans la maison, surtout après avoir vu ce qui avait été servi à Mercy. Heureusement, il avait le choix.

Ensuite, il prit son propre véhicule et se rendit en ville. Là, il acheta quelques provisions et s'arrêta dans un café. Avec son ordinateur portable et une connexion wifi sécurisée, il vérifia les messages du détective. Un message de Ice l'attendait. Il sourit. Ice était une vieille amie. Il la connaissait mieux que Levi. Elle l'avait sorti de situations dangereuses plus d'une fois.

Il lui devait la vie.

Elle lui avait envoyé ses fichiers de renseignements complets qu'elle avait constitués sur Sammy et les autres personnes présentes dans la demeure. Le détective avait transféré à Michael ce que le commandant lui avait déjà transmis, sauf que certains fichiers étaient plus détaillés. Il les parcourut, mais ne trouva rien de nouveau, hormis la preuve d'une relation entre Sammy et Anna, l'ancienne femme de ménage.

De toute évidence, le tueur avait pensé que, si l'un était coupable d'espionnage, l'autre l'était probablement aussi. Par conséquent, Anna aurait pu être une simple victime collatérale, éliminée par association.

Il ouvrit le dossier qu'il avait reçu du commandant sur Anna Gardini et se figea. Car là, devant lui, se trouvait l'image d'une femme qui ressemblait énormément à Mercy. Il effectua rapidement des recherches dans l'historique familial et découvrit le changement de nom d'Anna. Son vrai nom de famille était Romano. Une recherche plus poussée révéla rapidement qu'elle avait une sœur. Mercy.

— Comment la sécurité de Freeman a-t-elle pu passer à côté de ça ? Ou bien sont-ils au courant et prévoient-ils de la tuer dès qu'elle deviendra gênante ?

Il s'appuya sur sa chaise et sirota son café en se demandant :

— Mais qu'est-ce que tu fais ici, espèce d'idiote ?

Il secoua la tête, troublé.

Était-elle ici de son plein gré ? Il ne trouvait aucune raison valable qui expliquerait pourquoi elle aurait été contrainte de venir ici… Ou alors, était-elle vraiment sans emploi et avait-elle sollicité la place de sa sœur ?

Alors qu'il réfléchissait aux raisons de sa propre présence ici, il devenait difficile d'ignorer le fait que, peut-être, elle aussi était en quête de réponses.

Cependant, la dernière chose dont il avait besoin était une détective amateure fouineuse qui posait des questions partout, perturbant son enquête sous couverture, le distrayant de son opération. Et peu importe à quel point elle était séduisante.

Chapitre 4

À LA FIN de son service, Mercy attrapa un pull léger et sortit faire une promenade. Elle devait prendre une décision. Elle venait de recevoir la réprimande la plus sévère de sa vie d'adulte. Encore irritée, elle descendit l'allée jusqu'aux grilles.

Rien ne l'empêchait de partir. Elle n'était pas prisonnière. Avec la sécurité extérieure en mode dégradé, le portail était resté ouvert. Les épaules voûtées et la tête baissée contre le vent qui soufflait, elle marcha jusqu'au bout du chemin. Elle se tint un instant devant la caméra de surveillance pour qu'ils puissent la voir, puis franchit l'entrée ouverte. Sur la route principale, elle choisit un côté et continua à marcher.

Il était difficile d'imaginer se sentir aussi inutile que la gouvernante l'avait insinué à Mercy. Le fait de ne pas pouvoir obtenir la moindre information sur sa sœur ne contribuait qu'à aggraver la situation. Partout où elle allait, elle se figurait les mains d'Anna accomplissant le même travail qu'elle. Ses doigts effleurant les mêmes murs, les mêmes fenêtres.

Il y avait un tel sentiment de connexion avec elle dans le manoir que, pour la première fois depuis longtemps, Mercy se rendit compte à quel point sa sœur lui avait manqué au fil des ans. Avait-elle pensé à elle ? Ou les avait-elle, leur mère et elle, complètement oubliées sans jamais leur accorder une pensée ? Mercy aimait à croire que sa sœur avait regretté certaines de ses actions. Mais il était difficile de l'affirmer.

Elle n'avait parcouru qu'un pâté de maisons quand une légère pluie commença à tomber.

— Super. Juste ce qu'il me manquait.

Elle était endolorie, fatiguée, et presque prête à appeler un taxi pour partir. Cependant, elle avait laissé ses maigres affaires dans sa chambre, qu'elle n'avait pas envie d'abandonner. Elle ne pouvait pas non plus se permettre de laisser sa voiture derrière elle. Elle ne voulait pas que quelqu'un de la propriété des Freeman la retrouve. Elle n'avait même pas pris son sac à main avec elle. Elle devait donc y retourner.

La pluie légère se transforma en une bruine mouillante. Même en sachant qu'il était insensé de continuer, elle n'arrivait pas à s'arrêter. Elle était désespérée de mettre le plus de distance possible entre elle et cet emploi désagréable qu'elle venait de quitter, ne serait-ce que pour un moment. Finalement, ses pas ralentirent, et elle pivota à contrecœur pour reprendre le chemin inverse.

Elle n'avait pas fait plus de quelques pas en direction de la maison lorsqu'un pick-up ralentit. Elle se figea alors qu'il s'arrêtait à sa hauteur. Le jardinier était au volant. Elle fronça les sourcils lorsque la vitre électrique descendit pour qu'il puisse lui parler.

— Tu veux que je te ramène ?

Elle secoua la tête instinctivement.

Il émit un reniflement de dégoût.

— Si, tu le veux. Tu es trempée jusqu'aux os. Si tu souhaites garder ton travail, tu ne peux pas te permettre de tomber malade.

Pendant un bref instant, elle se demanda si ce ne serait

pas une bonne excuse pour quitter son emploi. Évidemment, ils ne la garderaient pas si elle était malade. Pas ces gens-là. Pour eux, un employé n'était qu'un numéro, et il était facile de trouver d'autres numéros. Elle posa une main sur la poignée de la portière et l'ouvrit, puis hésita.

Il secoua la tête et dit :

— Ne t'inquiète pas pour les sièges. Monte, et allons te sécher.

Sans un mot, elle s'installa sur le siège passager et ferma la portière. Elle attrapa la ceinture de sécurité et l'attacha. Il repartit sur la route déserte.

— Qu'est-ce que tu fais dehors ? s'enquit-il d'elle.

— Je prends l'air et je fuis un peu l'oppression, répondit-elle calmement.

Il lui jeta un regard curieux.

— C'est à ce point-là ?

Elle opina du chef.

— Oui, c'est à ce point-là.

— Il est temps de changer de boulot, non ?

Elle fixa le ciel gris des yeux, la pluie coulant désormais lourdement le long de la vitre, et murmura :

— Je ne sais pas.

— Pourquoi as-tu pris la place de ta sœur ?

Elle écarquilla les yeux.

— De quoi tu parles ?

Le regard qu'il lui lança lui fit comprendre qu'il n'était pas idiot. Elle ne savait pas quel rôle il jouait dans cette histoire, mais il était évident qu'il ne se laisserait pas duper par des excuses.

Elle considéra ses doigts pendant un long moment, puis déclara :

— Ma sœur a été assassinée. J'espérais en apprendre un

peu plus sur ses derniers jours. Ils n'ont même plus ses affaires.

— Si on ne tient pas compte de l'extrême stupidité de tes actes, as-tu demandé à la police ses effets personnels ?

Elle hocha la tête et expliqua :

— Le détective a dit qu'ils n'avaient rien reçu de ses affaires, mais qu'ils avaient celles de Sammy, envoyées par le domaine. Il m'a aussi indiqué qu'il me contacterait s'ils découvraient quelque chose de nouveau. Cependant, je n'ai pas encore eu de nouvelles.

En pensant à cela, elle sortit son téléphone de sa poche et vérifia ses messages, mais il n'y en avait aucun. Après tout, qui l'aurait contactée ? Sa mère était morte, et désormais sa sœur aussi. Mercy ne voulait entendre que le détective. Bien sûr, elle n'était même pas sur sa liste de priorités.

— Et si ta sœur a été assassinée, qu'est-ce qui te pousse à croire que tu trouveras des informations ici ?

— C'est là qu'elle vivait, là qu'elle travaillait. Peut-être qu'elle avait un petit ami ici, mais je n'en sais rien.

Elle l'observa.

— Tu remplaces un homme qui a été éliminé, toi aussi.

Il opina du chef.

— Je sais. En revanche, je n'ai rien à voir avec ces meurtres.

— Moi non plus.

Ils arrivèrent aux grilles de la propriété, qui étaient toujours ouvertes. Il les franchit et contourna la maison jusqu'à l'entrée de service pour la laisser descendre.

— Fais attention à toi.

Elle ouvrit la porte lorsqu'elle saisit enfin le sens de ses paroles. Elle se retourna vers lui.

— Qu'est-ce que tu veux dire ?

— Je veux dire qu'après deux morts, un troisième ne fera aucune différence.

Avec ses paroles cryptiques résonnant dans ses oreilles, elle sortit précipitamment et claqua la portière du pick-up. Elle ignorait qui il était, mais il ne semblait certainement pas correspondre au rôle qu'il avait endossé ici. À moins qu'il ne soit aussi un garde du corps. Avec ses yeux d'acier et son corps robuste, il avait la grâce d'une panthère et l'air d'un prédateur. Un prédateur détendu, en apparence normal, toujours prêt à agir cependant, ses muscles se contractant et bougeant à la demande, comme le grand félin indompté qu'il cachait à l'intérieur.

Elle se dépêcha de rentrer dans la maison et monta jusqu'à sa petite chambre. Elle ne croisa personne en chemin ; toutefois, elle ne se faisait aucune illusion : on l'observait toujours. Elle n'avait jamais réussi à les surprendre, mais elle avait conscience qu'ils étaient là.

Une fois dans sa chambre, elle se déshabilla rapidement et sauta sous une douche chaude. Lorsqu'elle fut réchauffée et que ses cheveux furent lavés, elle sortit et s'enroula dans une grande serviette.

L'armoire à pharmacie devant elle s'ouvrit facilement, et elle prit sa brosse à dents. Il était encore tôt, toutefois, autant se préparer pour aller au lit. Elle avait besoin de repos. Pendant qu'elle se brossait les dents, ses yeux parcoururent l'armoire. Elle était mal fixée au mur. Elle bougea un coin pour voir si elle allait tomber. Elle ne mesurait que cinquante centimètres de large, mais elle n'était pas sûre de son poids, même si elle semblait en plastique.

Elle la retira avec précaution et la plaça sur le lavabo. Un petit carnet était caché dans l'espace creux. L'excitation monta en elle. Elle saisit le calepin et le posa sur son pyjama propre, puis remit soigneusement le meuble à sa place. Elle termina de se brosser les dents et se mit à scruter la petite salle de bains en quête de caméras.

Il y avait toujours une chance que cette pièce soit sur écoute ou sous vidéosurveillance, et elle devait être prudente. Bien que ce soit illégal, elle ne pensait pas que quelqu'un ici se souciait des lois.

Elle feignit d'aller se coucher : elle prit un livre posé sur sa table de chevet, se glissa dans le lit et alluma la lampe. Le carnet étant caché entre les pages du livre, elle ouvrit les deux en même temps et commença à lire.

Sur la première page figurait le prénom de sa sœur — Anna. Ignorant pourquoi celle-ci avait eu ce calepin et pourquoi elle l'avait caché, Mercy le feuilleta, trouvant des infos détaillées sur ce qui se passait dans la maison. Curieuse, mais aussi troublée, elle prit connaissance des notes de sa sœur concernant des armes déchargées dans le garage.

Il ne s'agissait pas d'une ou deux armes, mais de caisses entières. Le cœur battant à tout rompre, elle tourna les pages pour trouver d'autres renseignements sur des invités anonymes. Cependant, aucune mention supplémentaire des armes.

En arrivant à la fin du carnet, elle trouva de petites notes personnelles où sa sœur exprimait son désespoir de partir. Elle s'était liée à Sammy, et, ensemble, ils prévoyaient de s'en aller. Pas juste à côté pour rester proches du manoir et continuer à y travailler, mais bien plus au nord, pour s'éloigner. Anna confessait être amoureuse de Sammy. Cependant, quelque chose chez lui l'inquiétait.

Secret, dangereux. Et puis elle avait écrit les mots « Digne de confiance ? ».

Sa dernière entrée disait : « Je dois tenter ma chance. Je

ne peux pas rester où je suis. Je dois faire confiance à Sammy. Je l'aime. J'espère prendre la bonne décision. »

Le cœur lourd et les yeux pleins de larmes, Mercy abaissa lentement le carnet et le glissa sous sa taie d'oreiller. Matérialiser les pensées de sa sœur était incroyablement difficile. Son cœur se remplissait de regrets à propos d'un avenir qui n'existerait pas. Ce bloc-notes n'incriminerait personne, mais il pourrait aider. Sauf que… avec tous les regards sur elle, comment parviendrait-elle à le transmettre au détective ?

LES RENSEIGNEMENTS DE Ice avaient confirmé que Mercy avait utilisé son vrai nom lorsqu'elle avait postulé à cet emploi d'agent d'entretien. Michael aurait dû lui demander si son employeur savait qui elle était. Cela aurait été l'occasion de déterminer si elle était ici incognito ou s'ils étaient conscients de son lien avec leur ancienne salariée. Ils n'en avaient peut-être rien à faire. D'un autre côté, cela pourrait avoir une grande importance s'ils ne l'avaient pas découvert auparavant.

Pendant le temps passé ici, il n'avait trouvé aucune preuve de méfaits. Sammy avait été un bon SEAL. Il avait dû laisser des indices quelque part. C'était à Michael de mettre la main dessus. Cependant, il ne pouvait pas se permettre de chercher vainement quelque chose qui n'existait peut-être pas.

Il se gara derrière son petit appartement et sortit son sac de provisions avec son ordinateur portable. Il trouva la porte principale toujours verrouillée. Le cheveu qu'il avait placé était encore là. Il entra, verrouilla la porte derrière lui et déposa ses affaires sur le comptoir. Il vérifia si les autres dispositifs de sécurité qu'il avait mis en place étaient intacts et si les morceaux de ruban invisible étaient toujours fixés aux fenêtres, ce qui signifiait que personne n'était entré depuis son départ. Il fouilla rapidement le studio, comme à chaque fois qu'il s'y rendait. Il ne pouvait pas se permettre d'être négligent.

Rassuré, il se prépara un petit café et redémarra son ordinateur. Il avait sécurisé sa connexion Internet pour empêcher toute tentative de piratage. Il avait saboté le système de sécurité de l'extérieur de la propriété, mais n'avait pas encore eu l'occasion de s'occuper de la connexion Internet de Freeman, et il adorait l'idée d'y avoir accès. Jusqu'à présent, il n'avait pas eu l'opportunité de pénétrer dans le manoir suffisamment longtemps, même pour prendre un café.

Maintenant qu'il connaissait le nom de l'ancienne femme de ménage, il effectua une recherche sur Anna Romano Gardini pour en savoir plus sur elle et sur ce qu'elle faisait ici. Les informations étaient assez limitées, et, à part quelques mentions trouvées sur Google, il ne découvrit pas grand-chose.

Anna avait un casier judiciaire vierge, un permis de conduire sans infraction, et semblait en bonne santé. Elle avait rencontré un seul problème mineur plus de dix ans auparavant, mais sans lien avec des trafiquants d'armes. Il n'y avait aucune explication sur sa présence ici, dans ce domaine. Dans le pire des cas, elle était impliquée dans une cellule terroriste. Dans le meilleur des cas, elle avait été entraînée par Sammy et tuée parce qu'elle se trouvait au mauvais endroit au mauvais moment. Michael espérait, pour le bien de sa famille, que ce soit la seconde option.

Il est toujours difficile pour une famille de comprendre et d'accepter le meurtre d'un proche. Cependant, c'est bien pire quand elle découvre que la victime était mouillée dans quelque chose de terrible.

Alors qu'il sirotait son café, un message arriva de Levi. Un seul mot.

Rien.

Michael jeta son téléphone sur la table et alla s'asseoir sur le petit canapé. Rien. Il n'y avait donc rien dans les affaires de Sammy pour expliquer ce qui se passait ici. Il secoua la tête.

— Allez, Sammy. Tu as forcément laissé un indice derrière toi.

Il regarda par la fenêtre et vit la lumière s'éteindre dans la chambre de la nouvelle femme de ménage. Il était encore tôt pour qu'elle aille au lit. D'un autre côté, elle devait être frigorifiée après sa promenade sous la pluie. Sans compter la fatigue. Elle ne semblait pas avoir une vie facile dans cette maison.

Les souvenirs que cet endroit faisait remonter devaient être difficiles à gérer. Bon sang, ils l'étaient pour lui, et Sammy n'était même pas de sa famille. Il était un membre de son équipe, ce qui en faisait une famille, mais, pour l'instant, Michael ne pouvait pas le voir de cette façon. Il devait rester détaché.

Il observa le côté sombre de la maison, où se trouvaient les quartiers des domestiques, selon les plans que Ice lui avait fournis et qui révélaient plusieurs petites chambres avec salle de bains privée. Puis une lumière au bas des escaliers s'alluma. Il distingua une ombre qui montait vers la chambre de Mercy.

Les agents de sécurité avaient des chambres de l'autre côté du bâtiment. Les domestiques logeaient de ce côté. Pour l'instant, il n'y en avait qu'une en service. Ce qui était absurde pour un manoir de cette taille.

Il fronça les sourcils et bougea légèrement pour mieux voir. Il ne savait pas qui d'autre vivait à l'étage, mais il n'y avait aucune autre lumière et qu'une seule fenêtre de ce côté. Jusqu'à présent, il n'avait remarqué personne à part la nouvelle femme de ménage utiliser cette entrée. Heureusement, elle occupait la seule chambre avec une fenêtre visible. Il attendit et observa.

Soudain, la lumière dans la chambre de Mercy fut rallumée. Il remarqua qu'elle faisait un signe de la main. L'étranger disparut dans l'escalier. Michael la regarda, intrigué, tandis qu'elle éteignait. Pourquoi quelqu'un viendrait-il aux quartiers des domestiques la nuit ? Et pourquoi spécifiquement dans sa chambre ?

— Merde, marmonna-t-il.

Si elle se mêlait à tout ça, cela perturberait son calendrier. Dans ce genre d'opérations sous couverture, surtout après un incident, il valait mieux prendre son temps, ne pas attirer l'attention, et laisser les choses suivre leur cours pendant que les criminels se désintéressaient des nouveaux venus.

Désormais, il devait accélérer les choses. Cela le mettrait en plus grand danger, mais cela pourrait détourner l'attention de la nouvelle femme de ménage.

Chapitre 5

MERCY ATTENDAIT DANS son lit, la couverture tirée jusqu'au menton. Jusqu'à présent, personne n'était monté à l'étage ni passé devant sa chambre pendant les cinq soirées qu'elle avait passées ici. Personne n'était monté et ne s'était arrêté, en tout cas. Elle pouvait percevoir son cœur qui battait à chaque pas qu'elle entendait s'approcher de sa porte. Elle tendait l'oreille pour déterminer si la personne avait continué son chemin. Malheureusement, on aurait dit qu'il ou elle était toujours là. Pourquoi ?

Elle se mit à réfléchir, cherchant la raison pour laquelle quelqu'un se tiendrait devant sa porte en pleine nuit. Elle l'avait verrouillée de l'intérieur, mais ce n'était pas une serrure de haute sécurité. Elle imaginait bien qu'un certain nombre de gens sauraient comment entrer sans trop de difficulté. Elle se glissa hors des couvertures et se dirigea à pas de loup vers la porte. Elle ne distinguait plus rien, cependant, elle ne se sentait pas pour autant plus rassurée. Ensuite, elle marcha silencieusement vers la fenêtre. Y avait-il une issue secondaire pour quitter sa chambre et échapper à quelqu'un ? Le fait qu'elle ne perçoive plus de mouvement la rendait encore plus nerveuse.

La personne ne pouvait tout de même pas avoir descendu les escaliers sans qu'elle ne l'entende.

Sa seule fenêtre était bien pratique, toutefois, elle était

fermée à cause des journées et des soirées chaudes et humides de Houston. Elle jeta un œil à sa vue du deuxième niveau. Il n'y avait ni véranda ni sortie de secours, rien qui pourrait l'aider à descendre. En regardant en bas, elle vit que le terrain était incliné depuis le bâtiment, ce qui signifiait que cette partie du manoir était située sur une colline et que sa fenêtre se trouvait bien plus haut que deux niveaux.

Elle observa en direction du garage et aperçut une silhouette qui la fixait des yeux. Elle se figea. C'était le jardinier. Elle serra sa robe de chambre autour de son cou. Quelqu'un se trouvait devant sa porte et quelqu'un d'autre la surveillait depuis l'autre côté de la pelouse ? Aucun de ces faits n'était bon signe. Elle jeta un coup d'œil vers la porte. Les grincements qu'elle percevait lui indiquaient que la personne qui était montée redescendait lentement les escaliers.

Elle s'effondra de soulagement contre le rebord de la fenêtre. Rapidement, elle alluma. Cela dissipa un peu les ombres, mais la laissa avec une sensation désagréable qui rampait sur sa peau. Il n'y avait aucune bonne raison pour que quelqu'un soit venu jusqu'à sa porte.

En jetant un nouveau regard vers l'appartement du garage, elle se demanda pourquoi le jardinier restait à sa fenêtre et continuait à l'épier. Il ne lui avait pas adressé un signe de la main, il s'était contenté de l'observer. Quelle situation dérangeante. Finalement, elle le salua de la main, s'écarta de la fenêtre en gardant un œil discret sur lui, juste assez pour qu'il ne puisse plus la voir, et éteignit la lumière.

Après un moment, il s'éloigna. En se recouchant, elle se rendit compte pour la première fois à quel point la situation dans laquelle elle s'était fourrée était dangereuse. Elle se recroquevilla en boule et frissonna. Sa sœur avait été assassinée, bon sang, et pourtant elle était venue ici et avait pris sa place. Jusqu'à ce soir-là, tout s'était bien passé. Elle ne s'était jamais inquiétée pour sa propre sécurité. Cependant, ce sentiment lui avait été rappelé très clairement quelques instants plus tôt.

La nuit fut longue. Elle se retourna sans cesse dans son lit et se réveilla une demi-douzaine de fois, à l'affût du moindre bruit. Elle n'entendit rien. Toutefois, cela ne l'empêcha pas de tendre l'oreille. Deux fois, elle se leva pour regarder par la fenêtre, mais elle ne revit plus le jardinier cette nuit-là.

Quelque chose chez lui semblait tellement différent. Comment s'inscrivait-il dans cet endroit ? Elle l'imaginait dans l'armée ou pilote d'hélicoptère, menant une carrière plus risquée. En revanche, jardinier ? Cela ne collait pas. Pourtant, c'est cette image de lui qu'elle emporta dans ses rêves tourmentés, comme un chevalier héroïque dans ses fantasmes.

Au matin, elle se sentait aussi épuisée qu'elle en avait l'air. Exténuée, cernée, fatiguée.

Elle devait avoir quelques jours de repos, cependant, elle n'était pas certaine de les obtenir, étant donné que d'autres invités devaient arriver. Elle ne savait pas ce qui restait à nettoyer. Tout avait été briqué de fond en comble.

Elle descendit prendre son petit déjeuner, composé une fois de plus de deux tartines et d'une tasse de café, tandis que le personnel de cuisine s'affairait. Elle alla manger dehors. Immédiatement, elle perçut la chaleur moite et réfléchit à ses options.

Physiquement, elle avait conscience qu'elle traverserait une autre journée difficile de nettoyage, sans aucun doute. Chaque jour l'épuisait un peu plus. Si elle ne prenait pas ses jours de repos, elle savait qu'elle ne parviendrait plus à maintenir les normes strictes et la rapidité exigées par l'intendante. Si elle n'était pas renvoyée, on lui suggérerait sûrement de démissionner. Bien qu'elle aimât cette idée à cet instant, la présence effrayante devant sa porte la nuit précédente lui rappelait beaucoup trop ce que sa sœur avait dû endurer. Quelque chose ici l'aiderait certainement à retrouver le meurtrier d'Anna.

Le petit déjeuner terminé, Mercy traversa le hall d'entrée en direction de la buanderie lorsque le téléphone de la maison sonna. Dans le cadre de ses fonctions, elle le décrocha et répondit d'un ton formel, annonçant la résidence Freeman.

— Détective Sanders à l'appareil. J'essaie de localiser les effets personnels d'Anna Gardini. Nous avons ceux de Sammy Leacock, mais ceux de la domestique ne nous sont jamais parvenus. Nous aimerions envoyer quelqu'un aujourd'hui pour les récupérer.

— Je ne sais pas exactement où ils sont.

Elle leva les yeux et vit l'intendante marcher vers elle d'un pas rapide.

— Martha est ici. C'est l'intendante. Elle saura vous renseigner.

Mercy lui tendit le téléphone et déclara :

— C'est un détective qui cherche les affaires de l'ancienne domestique.

L'intendante lui lança un regard sévère, comme si elle pouvait être vue à travers le combiné. À en croire son expression, elle était bien décidée à essayer.

— Tout a été remis à la police. Je vous l'ai déjà dit, lâcha-t-elle d'une voix acerbe.

— Je vous suggère de vérifier de nouveau, sinon nous

viendrons fouiller nous-mêmes. Aujourd'hui.

La voix du détective résonna clairement dans le téléphone.

— C'est une enquête pour meurtre, et nous avons besoin de tous les effets personnels de cette femme. Vous faites obstruction à la justice. Sans parler du fait que la famille a droit à des réponses. Nous obtiendrons un mandat si nécessaire.

L'intendante fronça une fois de plus les sourcils, s'empara du combiné et s'éloigna un peu dans le couloir.

— Je vais vérifier si quelque chose a été oublié par inadvertance.

Elle ouvrit un grand placard de rangement dans le hall d'entrée.

— Je ne crois pas qu'ils soient ici, mais je vais regarder encore une fois.

Mercy ne pouvait pas entendre le reste de la conversation. Cependant, comme le policier affirmait que les effets d'Anna n'étaient jamais arrivés au commissariat, peut-être, à cause du récent changement de personnel, étaient-ils encore ici. Mercy savait que ce détective, qui s'appelait Sanders, n'était pas celui avec lequel elle avait déjà traité. Cela lui donnait de l'espoir de constater que deux personnes enquêtaient toujours sur cette affaire. Elle se rendit à la buanderie pour commencer son travail.

Alors qu'elle était en train de plier du linge, Martha ouvrit la porte et dit :

— Nous avons trouvé les affaires manquantes de ta prédécesseure, mais elles sont en désordre. Plie-les pour que le jardinier puisse les apporter au commissariat.

Mercy la suivit, ravie à l'idée de voir les effets personnels de sa sœur.

Sur la table de pique-nique extérieure se trouvaient deux sacs-poubelles. À côté, plusieurs cartons vides. L'intendante les lui montra et déclara :

— Mets-les dans les cartons pour qu'elles puissent partir d'ici dix minutes.

Puis elle retourna à l'intérieur.

Pas sûre de pouvoir terminer dans les dix minutes imparties, espérant avoir bien plus de temps pour se reconnecter à sa sœur, Mercy était quand même heureuse d'avoir ce petit moment de rapprochement.

Elle ouvrit le premier sac et en sortit des vêtements. Elle plia plusieurs jeans, quelques pantacourts, deux leggings et une jolie robe. Elle rangea tout dans une boîte. Au fond du sac, sous les habits, elle trouva une collection de chaussures et de chaussettes. Elle les plaça au fond du deuxième carton et ouvrit le second sac. Elle y trouva d'autres vêtements ordinaires, un gros pull et une veste. Elle vérifia toutes les poches, mais ne trouva rien. Elle se dit que l'intendante avait probablement tout vérifié avant de les placer dans les sacs.

Déçue et se sentant pressée, elle rangea le reste du deuxième sac. Il n'y avait rien de personnel dans cet assortiment. Ces habits auraient pu appartenir à n'importe qui. Il n'y avait même pas de style particulier ; c'étaient seulement des fringues. Rien qui n'indiquait qu'ils appartenaient à sa sœur, rien qui la lui rappelait. Cependant, cela faisait douze ans, alors comment Mercy pourrait-elle le savoir ? Ces vêtements pouvaient très bien avoir appartenu à Anna. Alors qu'elle secouait le sac-poubelle, une petite trousse de toilette tomba par terre. Elle l'ouvrit et y découvrit une brosse à cheveux, quelques produits de maquillage, une brosse à dents et du dentifrice.

Se sentant vide, le cœur brisé et déçue de ne pas avoir

trouvé davantage, elle ferma les cartons juste au moment où le jardinier arriva. Elle plia les sacs-poubelles et déclara :

— Ces deux boîtes contiennent tout ce qu'on m'a donné des affaires de la domestique.

— C'est tout ?

Il lui lança un regard perçant, ramassa les deux cartons et s'éloigna.

Elle prit les deux sacs-poubelles vides et rentra dans la cuisine. Était-ce son imagination ou bien le chef détourna-t-il son regard d'elle pour se concentrer de nouveau sur sa nourriture ? L'avait-il observée par la fenêtre ? Cet endroit la mettait mal à l'aise avec ses sombres et inquiétantes ombres, et cette impression constante d'être surveillée. Bien sûr, le visiteur de la nuit précédente était sans doute le pire dans tout cela.

Elle rangea les sacs-poubelles et retourna à la buanderie. Là, elle essaya de rattraper son retard pour tenter de respecter son emploi du temps strict. Elle avait conscience que l'intendante ne lui accorderait aucun délai supplémentaire pour cette tâche. Au contraire, on attendait d'elle qu'elle aille plus vite et termine tout, quoi qu'il arrive.

Elle s'efforça d'accélérer avant l'heure du déjeuner, mais elle était plus fatiguée que jamais. Elle avait aussi besoin de quelque chose de plus consistant que des portions complémentaires de pain.

Dans la cuisine, elle trouva un nouvel assistant du personnel.

— Puis-je avoir quelque chose d'autre que des sandwichs pour le déjeuner ? demanda Mercy.

Le gars la regarda avec surprise.

— Bien sûr. Que voudrais-tu ?

Elle haussa les épaules.

— Quelque chose qui ne soit pas du pain blanc. Je manque cruellement de protéines et de légumes en ce moment.

Il sourit, ouvrit le réfrigérateur et en sortit une salade verte. À côté se trouvait une assiette de dattes et une autre d'émincé de jambon. Il lui prépara une grande salade avec tout ça.

Elle sourit de joie.

— Ça a l'air délicieux.

Il lui tendit un couteau et une fourchette. Elle sourit de nouveau et sortit dans le petit coin repas tandis que la porte se fermait derrière elle. Il attrapa celle-ci avant qu'elle ne se ferme.

— Tu n'es pas obligée de manger toute seule dehors, tu sais ?

Elle jeta un coup d'œil en arrière.

— On m'a dit que je devais m'installer ici.

Il secoua la tête.

— Tu peux t'asseoir au bout de la table de la salle à manger.

Elle lança un regard vers la pièce massive où le propriétaire était assis, des papiers éparpillés partout, et branla le chef.

— Non. Je ne pense pas être la bienvenue là-bas, mais merci.

Elle esquissa un rictus rapide et retourna à l'extérieur, puis s'installa pour profiter de son déjeuner.

Elle se demanda comment l'assistant de cuisine pouvait être si différent de tout le monde ici. C'était la première fois qu'elle le rencontrait. Était-il déjà venu dans le manoir ? Peut-être pas. Elle lui poserait la question quand elle rentrerait. S'il était nouveau, ils n'avaient pas encore fait disparaître sa gentillesse.

Avec cette pensée semi-ironique encore en tête, elle attaqua la salade, appréciant chaque bouchée. Quel changement agréable d'avoir de la nourriture fraîche.

Alors qu'elle terminait la dernière bouchée, elle perçut un bruit à l'angle de la maison. Pensant que c'était peut-être encore le jardinier, elle se leva et ramassa son assiette et ses couverts, puis marcha tranquillement vers le bout du patio comme si elle voulait profiter de la vue.

C'était l'un des agents de sécurité, en train de faire les cent pas. Elle le considéra et fronça les sourcils.

— Je ne pense pas que le jardinier appréciera ce que vous faites, plaisanta-t-elle.

Il lui lança un regard dur.

— Peu importe.

Il fit un geste en direction de l'intérieur de la cuisine.

— Tu ne devrais pas être là.

Elle leva son assiette et, avec un soupçon de défi, déclara :

— Je viens juste de déjeuner.

— Tu es nouvelle ici, dit-il calmement. Es-tu folle ? Tu ne dois ni voir, ni observer, ni interagir d'aucune manière avec le reste de la propriété.

Ses épaules s'affaissèrent. Elle avait reçu cette consigne dès son premier jour, toutefois, elle avait été si excitée et confiante dans son poste, pleine d'espoir de trouver des informations sur sa sœur, qu'elle avait ignoré à quel point cette règle était stricte. Elle hocha la tête.

— J'oublie tout le temps, avoua-t-elle.

— Rentre avant de te causer des ennuis.

Avec un sourire reconnaissant, elle pivota et retourna à l'intérieur.

— Ça fait deux aujourd'hui, murmura-t-elle pour elle-même.

Dans la cuisine, elle rinça son assiette et la mit dans le lave-vaisselle. Il n'y avait aucun signe du jeune assistant de cuisine sympathique. C'était dommage. Elle aurait adoré avoir un dessert. Elle savait que ses repas étaient inclus dans sa rémunération, mais cela ne lui donnait pas le droit de fouiller dans le réfrigérateur.

Elle s'était habituée à ses libertés : quand elle avait son propre chez-soi, elle pouvait se nourrir quand elle le voulait. Faire ce que bon lui semblait, quand elle le voulait. Ici, les gens se faisaient un devoir de s'assurer qu'elle mangeait uniquement ce qu'on lui donnait, et au moment où on lui disait de le faire. Si elle souhaitait quelque chose de plus, elle doutait qu'on le lui accorde.

Elle se dirigea vers le fond de la pièce, jusqu'au placard où se trouvait son emploi du temps, et prit note de la suite de sa journée.

MICHAEL QUITTA LE domaine sans se retourner. Si on lui avait remis les vêtements, alors il n'y avait rien à examiner. Pourtant, il les apporterait quand même au poste de police comme demandé.

Et il continuerait à surveiller les lieux.

Il avait conscience que le commandant voulait une mise à jour. Toutefois, s'il y avait bien une chose que Michael détestait, c'était de ne rien avoir de nouveau malgré son temps passé. Pourtant, quelqu'un paraissait s'intéresser un peu trop à la nouvelle domestique, à son goût. Elle était innocente dans toute cette histoire. Peut-être égarée dans sa quête de réponses, mais toujours innocente.

Il devait trouver un moyen de la convaincre de partir avant qu'elle n'ait plus de problèmes.

Pendant ce temps, la ligne de sécurité restait coupée, et les techniciens s'efforçaient frénétiquement de la réparer. Michael avait cherché une occasion de la saboter de plus belle, cependant, le nombre de gardes avait été doublé. Il ne voulait rien entreprendre qui mette en danger Mercy, et ils étaient les deux seuls inconnus dans le domaine. S'il continuait à saboter le système de sécurité, le propriétaire les considérerait comme les deux coupables les plus probables. Michael était d'accord pour que celui-ci enquête davantage sur lui. Cependant, il était hors de question qu'il le laisse blesser une autre femme innocente.

Chapitre 6

L'APRÈS-MIDI PASSA RAPIDEMENT sans que personne n'adresse la parole à Mercy. Mais elle supposait qu'ils parlaient tous d'elle. Chaque fois qu'elle croisait quelqu'un, on lui lançait un regard perçant, évaluateur, se demandant ce qu'elle trafiquait. Elle savait qu'elle devenait de plus en plus paranoïaque, toutefois, à l'heure du dîner, elle ne pensait plus qu'à une chose : peut-être s'enfuir au milieu de la nuit.

Si cela déclenchait une alerte dans le système de sécurité, elle serait immédiatement arrêtée. Son estomac était noué. Elle n'avait plus aucune sensation de calme ni de « Je peux le faire » ; elle avait besoin de partir. Elle ne pouvait pas simplement attribuer cela à des nerfs à fleur de peau, car elle n'avait jamais été du genre anxieuse ou nerveuse. C'était donc très étrange de se voir dans ce rôle maintenant.

Elle rangea les derniers produits d'entretien, posa l'aspirateur dans un coin, et, après un dernier coup d'œil, referma la porte du placard de la cuisine. Elle trouva Martha en train de l'observer. Mercy leva un sourcil et annonça :

— Je pense avoir tout terminé.

Martha hocha la tête.

— Tu as l'air fatiguée.

Elle le dit sans la moindre empathie, plutôt avec un ton accusateur et en donnant l'impression de la juger.

Mercy ravala ses répliques mordantes, et opina du chef.

— Oui, en effet.

— Eh bien, dîne et repose-toi.

En s'éloignant, elle se retourna pour demander :

— Tu as des projets ?

— Des projets ?

Peut-être qu'elle était tellement lasse qu'elle ne comprenait pas la question. Cependant, il semblait qu'il y avait quelque chose de sous-jacent dans les paroles de Martha.

Martha hocha la tête.

— Tu sors ce soir ?

— Peut-être pour une petite promenade.

— D'accord. Ne sois pas en retard. Les grilles de sécurité se ferment à vingt-deux heures.

— Merci pour l'info.

Comme c'était l'heure de dîner et qu'on attendait d'elle qu'elle mange, Mercy se dirigea vers la cuisine. Avant d'y arriver, elle jeta un coup d'œil en arrière. Martha était toujours là, téléphone en main, en train de parler, mais son regard était fixé sur Mercy. Elle se glissa dans la cuisine, où régnait un peu plus de chaos que d'habitude.

L'assistant du chef, avec qui elle avait discuté plus tôt, lui sourit et saisit immédiatement une assiette qui avait été mise de côté.

— C'est pour toi.

Elle regarda l'assiette de rôti de bœuf, purée de pommes de terre et légumes chauds avec soulagement.

— Merci, lança-t-elle chaleureusement.

Il indiqua un coin de la cuisine où se trouvait une petite table pour deux.

— Assieds-toi là-bas. Ce sera plus agréable que dehors, avec cette chaleur étouffante.

Obéissante, elle prit place à la table, tournant le dos au

personnel de cuisine. La dernière chose qu'elle souhaitait, c'était de les voir pendant qu'ils l'observaient. Même si elle avait conscience qu'ils ne pouvaient pas la surveiller avec tout le travail qu'ils avaient, elle se sentait tout de même épiée.

Elle mangea lentement, peu contente d'être si fatiguée. Ce n'était pas normal pour elle. Habituellement, elle débordait d'énergie. Certes, l'activité physique ici était difficile, toutefois, ça ne devrait pas être si épuisant. Elle se frotta le front, se sentant si mal qu'elle envisagea de se reposer. Comment une femme en bonne santé de vingt-sept ans pouvait-elle avoir besoin de s'allonger après avoir fait le ménage ?

Elle finit son repas, regrettant de ne pas pouvoir demander une autre tranche de rôti de bœuf, mais elle n'avait pas envie d'attirer davantage l'attention sur elle. Elle se leva et apporta son assiette au lave-vaisselle.

Le jeune homme souriant la lui prit des mains et dit :

— Je m'en occupe.

Elle lui adressa un bref sourire.

— C'était délicieux, merci.

Cependant, il s'était déjà détourné et empilait les assiettes dans le lave-vaisselle. Tout le monde paraissait occupé.

On ne lui avait pas proposé de dessert, donc elle supposa que c'était tout ce qu'elle aurait. Et pourtant, cela devrait être plus que suffisant. Elle quitta la cuisine et monta dans sa chambre, pensant à un magasin pas trop loin. Elle pouvait toujours y aller à pied pour acheter des collations à garder dans sa chambre. Cela lui permettrait aussi de s'éloigner d'ici un moment. Elle n'avait qu'un petit sac d'effets personnels avec elle, car elle portait un uniforme tous les jours. Elle avait prévu de prendre des vêtements dans son appartement, mais elle n'en avait pas eu l'énergie jusqu'à présent.

Elle avait sa voiture, stationnée à côté du garage. Elle avait envisagé d'acheter un nouveau véhicule avant la mort de sa sœur, cependant, cet événement avait tout mis en suspens. Et l'ancienne petite auto était parfaite pour son rôle d'agent d'entretien.

Assise sur le lit, elle réfléchit à sa prochaine étape. Ses nerfs s'étaient calmés, mais, en même temps, elle ne pensait pas être en sécurité ici beaucoup plus longtemps, et, même si c'était le cas, pourquoi rester ?

La question de Martha sur ses plans pour la soirée la troublait aussi. Elle n'avait qu'un seul sac, toutefois, il lui serait difficile de s'enfuir avec sans que personne ne le remarque. Son sac à main était très grand. Elle jeta un œil autour d'elle aux affaires qu'elle avait utilisées et aux vêtements qu'elle avait apportés, mais dont elle n'avait pas besoin. Elle empaqueta rapidement quelques livres et réduisit ses effets à l'essentiel.

Avec le reste rangé dans son sac à main et un petit sac plastique, elle descendit les escaliers et sortit pour aller à sa voiture. Elle quitta la grande place de parking et se dirigea vers l'épicerie la plus proche. Comme il y avait un café à côté, elle s'y arrêta d'abord et commanda un latte. Elle s'installa dans un coin, sortit son ordinateur portable et s'apprêta à passer un moment seule.

Elle consulta ses réseaux sociaux pour voir s'il y avait de nouvelles informations sur la mort de sa sœur. Rien. Tout en savourant son café, elle parcourait l'actualité mondiale lorsqu'un e-mail arriva. Elle cliqua dessus sans connaître l'expéditeur. Le message était clair.

Ne rentre pas ce soir. Michael.

Elle le fixa des yeux, perplexe, sans savoir qui était ce Michael. Est-ce que quelqu'un savait qu'elle était ici en ce moment ? L'avait-on suivie depuis le domaine ? Si c'était le cas, alors cette personne venait aussi du domaine. Il aurait pourtant pu lui dire ça en face. Pourquoi ne l'avait-il pas fait ? Et comment avait-il obtenu son adresse électronique ?

Elle ferma brutalement son ordinateur et resta assise, tremblante à l'intérieur. Elle prit sa boisson et la serra fort, y cherchant du réconfort.

Elle avait conscience que le personnel de sécurité la surveillait à l'intérieur de la maison. Jusqu'où étaient-ils en mesure de l'observer à l'extérieur de la propriété – et au-delà ? Elle rouvrit rapidement son portable et répondit : **Pourquoi ? Qui es-tu ? Pourquoi ne me dis-tu pas ça en face ?** Elle jeta un coup d'œil autour du petit café, détestant l'idée que quelqu'un l'ait suivie. Peut-être était-il assis ici même, en ce moment.

Elle avait conduit depuis le domaine et était venue ici, sans penser qu'elle pourrait être prise en filature, que quelqu'un du manoir serait au courant de sa destination. Pourquoi s'en soucieraient-ils ? Elle n'avait rien fait de mal. Elle n'avait même pas fourré son nez dans les affaires des autres en posant trop de questions. Elle avait travaillé dur, et pourtant, que recevait-elle en retour ? Partout où elle se tournait, on lui disait quoi faire – de ne pas se mêler des affaires des autres, de bosser plus dur, ou, comme maintenant, de ne pas rentrer.

Pourquoi cet avertissement ? Les choses devenaient de plus en plus opaques au lieu de lui apporter la clarté qu'elle désirait.

Un nouveau message apparut à l'écran. Elle le lut à voix basse : « Tu sais qui je suis. Je veux seulement t'aider. »

Elle posa ses doigts sur le clavier et commença à taper. **Si tu veux m'aider, dis-moi ce qui ne va pas dans cet**

endroit.

Elle se demanda si elle avait perdu la tête en poursuivant cette conversation avec cet illuminé, même s'il essayait de lui prêter main-forte. Toutefois, elle ne put s'empêcher d'appuyer sur « Envoyer ». Lorsque la réponse arriva quelques minutes plus tard, elle en prit connaissance avec douleur.

Ta sœur a été assassinée, tout comme quelqu'un d'autre. Cela ne te suffit-il pas ?

Ainsi, Michael était le jardinier. Ses doigts s'affairaient déjà sur les touches. Elle lui demanda où il se trouvait à cet instant. Si c'était dangereux pour elle, cela devait l'être encore plus pour lui. Surtout s'il cherchait des réponses. Si c'était le cas, qu'avait-il découvert ? Elle voulait savoir. Elle avait besoin de savoir ce qui était arrivé à sa sœur.

Elle attendit et attendit, mais il n'y eut pas de réponse. Frustrée, elle s'adossa et étudia le petit café, but un peu plus de sa boisson et apprécia la liberté d'être loin de l'atmosphère oppressante du domaine. Lorsqu'elle eut enfin terminé, elle se leva, jeta le gobelet en carton vide à la poubelle, prit son ordinateur portable, vérifia une dernière fois que Michael n'avait pas répondu, le ferma et le rangea.

Elle consulta son téléphone pour d'éventuels messages. Il semblait que Michael ne lui donnerait pas plus de renseignements. Frustrée et contrariée, elle se dirigea vers l'épicerie. Elle acheta des fruits frais, des barres de céréales et un paquet de réglisse noire – une friandise d'enfance qu'elle s'accordait de temps à autre. À la caisse, elle paya, puis elle sortit. En s'approchant de sa voiture, sac à la main, elle aperçut quelque chose qui ne lui plut pas du tout.

Elle fixa du regard le jardinier appuyé contre sa voiture et fronça les sourcils.

— Alors, tu es Michael.

Ses yeux bleus perçants la dévisagèrent un long moment avant qu'il ne hoche la tête.

Un soulagement la traversa.

— Pourquoi ne l'as-tu pas dit plus tôt ? Ce premier e-mail m'a terrifiée.

— JE PENSAIS que tu comprendrais que c'était moi, argua Michael en l'observant avec curiosité. Qui d'autre ça aurait pu être ?

Son regard dégoûté lui donna envie de sourire. Cependant, les mots qu'elle prononça le surprirent.

— Je sais que tu crois que j'ai l'air d'une innocente complètement stupide, inconsciente des dangers du monde, mais tu ne pourrais pas être plus loin de la vérité.

— Vraiment ? Tu travailles pour une entreprise de marketing. Ça ne t'apporte pas beaucoup d'expérience dans le monde maléfique des tueurs en série et des cartels de la drogue. Ou dans le financement du terrorisme.

Elle se figea.

— Tu penses que c'est ce qui est arrivé à Anna ? Elle était impliquée dans la drogue quand je la connaissais, mais à petite échelle. J'ignore totalement dans quoi elle s'était fourrée depuis.

— Il est un peu tard pour s'inquiéter de son sort maintenant.

Elle grimaça.

— Ce n'est pas juste. Elle est partie et n'est jamais revenue. J'ai passé des années à la chercher. Et, quand je l'ai retrouvée il y a quelques années, je lui ai proposé de prendre un café avec moi. Malheureusement, elle ne voulait rien avoir à faire avec moi. J'ai essayé de garder le contact en lui envoyant des e-mails. J'ai laissé la porte ouverte au cas où elle souhaiterait revenir. Mais…

Sa voix s'adoucit.

— Mais elle n'en a jamais eu l'occasion.

Mercy hocha la tête.

— As-tu regardé parmi ses affaires ?

— Ce que j'ai vu ne prouvait pas que c'étaient les siennes.

Mercy opina du chef.

— C'est bien ce que je pensais. Et ce n'est pas normal. Il aurait dû y avoir quelque chose. J'ai quand même trouvé un carnet.

Il se redressa brusquement, jeta un coup d'œil autour de lui, fit un signe en direction du café et dit :

— Viens, allons boire un café.

Elle fronça les sourcils.

— Je viens juste d'en prendre un. C'est là que j'étais quand tu m'as écrit.

Cependant, il ne voulait pas entendre de refus. Il l'attrapa doucement par le coude et la poussa vers l'établissement.

Il commanda deux cafés et la conduisit à la table dans le coin le plus éloigné. Constatant que personne autour d'eux n'était en mesure d'épier leurs paroles, elle s'assit, face à la salle. Elle étudia les autres clients, se demandant encore si c'était sûr.

Il poussa la tasse en céramique vers elle et déclara :

— C'est pour toi.

Elle hocha la tête.

— Pourquoi es-tu là-bas si c'est si dangereux ?

Il l'observa silencieusement sans rien dire, et elle comprit.

— Tu es là pour découvrir quelque chose.

Elle plissa les yeux et le sonda attentivement.

— Es-tu sous couverture ? Un flic ?

Sa réponse laconique fut :

— Oui. Non.

Astucieuse, elle insista :

— Sous couverture, oui, mais dans une autre division.

Il haussa les épaules.

— Nous sommes du même côté. C'est tout ce qui compte.

— Très bien, nous sommes du même côté. Nous voulons tous les deux des informations sur ce qui est arrivé à ma sœur et au dernier jardinier.

Michael opina du chef.

Elle remua doucement le contenu de sa tasse. Il la regarda contempler le beau cœur dessiné au centre. Il apprécia son sourire.

Puis elle s'enfonça dans sa chaise avec un lourd soupir.

— C'est dur, jour après jour, de faire semblant, de travailler pour respecter leur emploi du temps cauchemardesque et toutes leurs attentes, tout en sachant que quelqu'un a pris la vie de ma sœur. De me rendre compte que mes mains nettoient, passent sur les mêmes murs que ceux qu'Anna touchait de ses mains. De tenir l'aspirateur qu'elle a tenu avant moi.

Il l'observa tandis que des larmes lui montaient aux coins des yeux. Elle les essuya impatiemment.

Il était d'accord. Le temps des sanglots était révolu. Désormais, il lui fallait assez de colère pour traverser le processus de recherche de réponses.

— Quel carnet ?

Surprise, elle le dévisagea, fouilla dans son sac à main et en sortit le petit calepin qu'elle avait trouvé. Elle le lui tendit.

Michael l'étudia. La première page portait le prénom « Anna » et un numéro. Il considéra ce dernier, sans le reconnaître. Il jeta un coup d'œil à Mercy et demanda :

— Tu connais ce numéro ?

Elle secoua la tête.

— Non. C'est peut-être son numéro de téléphone. Je ne l'ai pas essayé.

Il sortit son portable et composa les chiffres. Il attendit, et une réponse préenregistrée se fit entendre.

— Bonjour, c'est Anna. Désolée, je ne peux pas répondre pour le moment.

Il appuya sur le bouton pour raccrocher.

— C'est son numéro de téléphone. Ça va directement sur sa messagerie.

— Sans blague. Elle est morte, le railla Mercy brusquement. D'ailleurs, pourquoi n'a-t-on pas mis la main sur son téléphone ?

— Celui qui l'a tuée l'a probablement pris et détruit.

— C'est possible.

Mercy haussa un sourcil, mais ne posa pas d'autres questions.

Et pour cela, il lui en fut reconnaissant.

Elle sourit.

— J'aimerais qu'elle soit simplement occupée et ne puisse pas répondre en ce moment. Ce serait bien de se dire qu'elle avait une vie en dehors de cet endroit infect. Je déteste l'idée qu'elle ait été seule à travailler sans répit dans un tel cachot.

Puis elle fronça les sourcils.

— Qui était Sammy ? Peut-être qu'il était impliqué dans

un trafic de drogue ?

Michael secoua la tête.

— Non. Je connaissais Sammy. Il n'était pas impliqué dans un trafic de drogue.

Il lui lança un regard impassible tandis qu'elle l'observait, surprise. Puis elle se pencha en avant.

— C'est pour ça que tu as pris le boulot. Comme moi. Tu es venu chercher des réponses.

Il acquiesça brièvement.

— Toutefois, je n'ai encore rien trouvé. Où as-tu déniché le carnet d'Anna ?

Il sortit son téléphone portable et prit plusieurs photos des pages écrites.

— Derrière l'armoire à pharmacie de la salle de bains, répondit-elle.

Il leva un sourcil.

— Hmm.

Il feuilleta rapidement le calepin de nouveau.

— Pourquoi l'aurait-elle caché ? Y a-t-il quelque chose d'important dedans ?

— Elle mentionne des caisses d'armes déchargées sur la propriété, avoua-t-elle d'une voix à peine audible, ses doigts serrant sa tasse de café jusqu'à en blanchir les jointures. Et elle n'était pas sûre de pouvoir se fier à Sammy. Cependant, elle l'aimait et espérait avoir pris la bonne décision.

Il fixa son regard sur elle, comme s'il était en quête d'une confirmation. Puis il feuilleta rapidement le carnet jusqu'à arriver à la page en question. La plupart du bloc-notes était vide. Toutefois, tandis qu'elle l'observait, Michael prit une photo de chaque page comportant de l'écriture. Il tourna les feuilles jusqu'à la fin du calepin.

— Dommage qu'il n'y ait rien de plus.

— C'est sûrement pour ça qu'ils ont été tués. Ils ont dû être surpris avec la mauvaise personne ou ont dû parler des armes au mauvais gars.

— C'est possible. Les notes confirment qu'il se passe quelque chose de louche, renchérit Michael calmement.

— J'espère qu'elle n'était pas impliquée. En revanche, je ne plaisante pas quand je dis que je ne savais rien de sa vie. Elle ne nous laissait plus la voir.

— Sammy ne serait pas parti avant d'avoir découvert la vérité, donc je présume qu'il était près du but s'ils prévoyaient de s'enfuir, Anna et lui.

Il alluma son téléphone portable et tapa un message à l'intention de Levi.

— J'envoie ces pages pour qu'elles soient analysées, relata-t-il à Mercy.

— J'aimerais pouvoir questionner quelqu'un ici à son sujet. Tout ce qu'on m'a dit, c'est de faire attention, de rester à l'écart des gens et de ne pas parler.

Elle secoua la tête.

— Je serais morte de faim s'il n'y avait pas ce jeune cuisinier. Il a été sympa.

— Ta chambre et tes repas sont inclus dans ta rémunération ?

Elle opina du chef.

— Et, d'ailleurs, je dois être rentrée avant vingt-deux heures, car ils ferment le portail.

Elle jeta un coup d'œil à sa montre.

— Il est déjà vingt et une heures trente.

— Ne rentre pas, lança-t-il soudainement.

Il ne savait pas comment la convaincre de partir, mais il devait essayer. C'était bien trop dangereux.

Elle leva le regard vers lui.

— À ce point ?

— Qui était à ta porte la nuit dernière ?

Elle grimaça.

— Il n'a jamais frappé, articula-t-elle lentement. Je n'ai aucune idée de qui c'était. J'ai pensé qu'ils avaient peut-être engagé un nouveau salarié et que sa chambre était située à côté de la mienne. Cependant, je crois qu'il est resté devant ma porte tout ce temps.

— Il est resté.

Elle se pencha en avant.

— Tu l'as vu ? Qui était-ce ?

Il secoua la tête.

— J'ai distingué l'ombre à travers la fenêtre dans le couloir, debout devant ta porte pendant longtemps. Puis il est parti, et tu as allumé juste après.

— Je t'ai vu me regarder pendant qu'il était devant ma porte.

Elle l'étudia longuement.

— Je me suis demandé si tu me surveillais ou si tu le surveillais. Ensuite, je n'ai pas pu m'empêcher de m'interroger sur votre éventuelle collaboration.

Il la dévisagea, les deux sourcils haussés jusqu'à la racine de ses cheveux.

— Je n'ai rien à voir avec ça. Malheureusement, je n'ai pas réussi à identifier qui c'était.

— Ça va de pair avec toutes les merdes qui se passent tout au long de la journée.

— Comme ?

Elle expliqua rapidement, et il resta silencieux, réfléchissant à ces nouvelles informations.

Chapitre 7

MERCY RÉFLÉCHIT AUX propos de Michael. Elle songea à son regard, au ton de sa voix, et elle était convaincue que c'était exactement ce dont elle avait besoin d'entendre. Elle baissa les yeux pour étudier la table.

— Je dois y retourner. J'ai fait une promesse à ma sœur, à moi-même. J'ai juré de découvrir ce qui s'était passé.

Il lui prit la main. Elle fixa du regard ses doigts bronzés et calleux qui caressaient doucement sa main blanche et douce.

— Et tu es en train de le faire. Cependant, tu devrais agir de façon à ne pas te mettre en danger, la prévint Michael. Et tu ne te rendras compte à quel point le danger est réel que lorsqu'il sera trop tard. Deux personnes ont déjà été assassinées. Pour autant que je sache, d'autres membres du personnel ont peut-être disparu également. Les policiers enquêtent sur les deux meurtres. Il faut leur laisser le temps de faire leur travail.

— Alors, tu devrais partir toi aussi, renchérit-elle. Sammy était là avant toi. Pour le propriétaire, tu pourrais être impliqué dans la même chose que lui.

— C'est pareil pour toi, nouvellement employée également.

Elle sonda l'éclat dur dans son regard.

— Mais je ne sais rien à propos de M. Freeman. Et personne sur le domaine ne sait que je suis la sœur d'Anna. Personne ne me parle des deux salariés morts. Je ne peux pas poser de questions. Je ne peux rien faire. Dès que j'essaie, on me dit de me taire et de faire mon travail.

Elle détourna les yeux pour scruter sa tasse de café.

— Ma sœur a-t-elle jamais eu du temps libre ? Est-ce qu'elle venait ici pour se détendre, simplement pour s'échapper ? Est-ce que ce boulot ne représentait que l'enfer pour elle ?

— J'espère qu'elle a trouvé quelque chose de plaisant dans sa vie avec Sammy.

— Comment était-il ?

— Plein de joie, toujours en train de rire. Il rattrapait toujours le temps perdu, raconta-t-il brusquement. Capable, déterminé à s'améliorer. Parfois, il avait besoin d'aide là où les autres n'en avaient pas besoin, mais il était drôle. Il était réconfortant et de bonne nature.

— Alors, je suis heureuse pour elle. Si elle a rencontré quelqu'un comme ça, c'est bien mieux que ce qu'elle a laissé derrière elle.

— Explique ?

Mercy haussa les épaules et se cala confortablement dans sa chaise.

— Elle est partie avec un mauvais garçon du coin. Il traînait avec des gangs, roulait à moto, se droguait, vendait de la came. On le soupçonnait même de prostituer des lycéennes.

Elle secoua la tête.

— Nous avons tout essayé pour l'arrêter, pour la sauver, malheureusement, elle ne voulait rien entendre.

— Elle a eu un enfant.

Mercy le dévisagea, la mâchoire tombante. Elle se pencha en avant et souffla :

— Quoi ? Comment tu le sais ? Où est-il ?

Il branla le chef.

— J'ai cherché ses informations, sa plaque d'immatriculation, et j'ai parlé à un ami flic, relata-t-il. Il y a des années, elle l'a fait adopter.

Mercy se rassit, stupéfaite par la nouvelle.

— C'est une chose dont je l'imagine capable. C'était sûrement mieux pour lui à l'époque.

Son cœur bondit et s'envola à l'idée qu'un enfant, un morceau de sa sœur, soit encore sur cette planète.

— Y a-t-il un moyen de connaître les détails de l'adoption ?

Il secoua la tête.

— Pas avant les dix-huit ans de l'enfant. Certains États autorisent les parents à poster des avis de recherche pour leur enfant sur des sites web. Toutefois, la plupart du temps, c'est à l'enfant de rechercher les parents.

— C'est un garçon ou une fille ?

Il pencha la tête, et un sourire apparut sur un coin de ses lèvres.

— Un garçon.

— Peux-tu me dire quand il est né ?

— Il y a onze ans.

— Il a un nom ?

Il déclina.

— Je ne connais pas ces détails.

Elle acquiesça ; elle n'arrivait pas à imaginer. Dieu merci, sa mère n'était plus là pour entendre cela. Elle aurait été horrifiée d'apprendre qu'Anna avait abandonné son fils. Mercy ne pouvait plus rien y faire à ce stade, à part espérer que, dans l'avenir, le garçon partirait en quête de sa famille.

— Peut-être que c'est une bonne chose que ma mère soit partie. La nouvelle lui aurait brisé le cœur encore une fois.

— Attendons de voir. Il est impossible de le contacter pendant de nombreuses années encore.

Elle hocha la tête.

— Et c'est dur à accepter également. Ma mère aurait pris l'enfant sous son aile. Peu importe le problème avec Anna, nous les aurions tous les deux accueillis, si nous avions su.

— Peut-être qu'elle n'avait pas le choix. Peut-être qu'elle pensait être en mesure de le garder et de l'élever, puis qu'elle s'est rendu compte, finalement, qu'il n'y avait pas d'autre option.

— Il n'est même pas mentionné dans le carnet, réagit soudainement Mercy. Si Anna avait eu conscience qu'elle allait mourir ou qu'elle était en danger, elle aurait certainement songé à son fils qu'elle avait abandonné.

— Beaucoup de femmes abandonnent leur enfant, et c'est définitif. Elles enfouissent ça profondément. Elles n'y pensent plus. Pour d'autres, cet acte les hante chaque jour. Il n'y a aucun moyen de savoir.

Mercy détestait penser que sa sœur avait renoncé à son enfant facilement, même si celle-ci n'avait pas eu une vie facile et avait connu une mort encore plus difficile. Elle avait dû être terrifiée à la fin. Et cela ramena Mercy à penser à l'homme qui avait péri à ses côtés.

— Elle a dû passer des nuits avec Sammy. Est-ce qu'il restait des traces d'elle ou de lui quand tu as emménagé ?

— Non. Tout avait été nettoyé.

— As-tu regardé derrière l'armoire à pharmacie ?

— J'ai essayé, mais la mienne est boulonnée. Qu'est-ce qui t'a donné l'idée de fouiller là ?

— Je me brossais les dents et j'ai remarqué qu'elle était

légèrement de travers. Quand je l'ai redressée, elle était mal fixée, facile à retirer. Elles sont censées être vissées pour des raisons de sécurité.

— Elle avait probablement retiré les vis, prévu de les remettre, mais elle n'a peut-être pas eu le temps de le serrer complètement. Je pense toujours que tu ne devrais pas y retourner.

— Et moi je crois le contraire. Si tu restes, nous sommes tous les deux en danger. Si l'un de nous seulement part, cela met l'autre en danger.

Il l'observa longuement.

— Je sais prendre soin de moi.

Elle grimaça.

— Bien sûr que tu sais. Moi, en revanche, je suis totalement nulle en autodéfense. Cependant, je sais comment garder la tête basse et continuer à travailler.

— Mais tu es fatiguée, dit-il brusquement.

— C'est vrai, admit-elle. Ce n'est pas le boulot le plus facile. En même temps, il y avait quelque chose de presque réconfortant à suivre les traces de ma sœur.

— Tant que tu ne les suis pas jusqu'à la même fin, lui rappela-t-il.

Il jeta un coup d'œil à sa montre et lança :

— Nous n'avons plus le temps. Il nous reste quinze minutes avant que les grilles ne se ferment.

Elle bondit sur ses pieds.

— Oh, mon Dieu ! Ils ne nous laisseront pas entrer après ça.

Les deux sortirent et montèrent dans son pick-up. Finalement, ils franchirent le portail quelques instants avant qu'il ne soit verrouillé à vingt-deux heures.

Une fois à l'intérieur du domaine, il se gara près de son

appartement du garage. Elle ouvrit la portière du véhicule et en sortit avec son sac de courses.

— Je suis idiote. J'ai laissé ma voiture là-bas, se lamenta-t-elle.

— Je t'y conduirai demain matin pour que tu la récupères.

Elle y réfléchit et fronça les sourcils.

— À quelle heure les grilles ouvrent-elles ?

— À six heures.

Elle hocha la tête avec soulagement.

— Je ne commence pas à travailler avant sept heures, donc ça ira. Et ma voiture devrait être en sécurité sur le parking du café.

Il sourit.

— Elle ira bien.

— Bonne nuit. Et merci de veiller sur moi.

Son sourire la surprit. Elle pensait qu'il ne souriait pas souvent. Elle détestait l'admettre, mais elle attendait chaque sourire avec impatience.

Sachant qu'elle était en retard – et probablement surveillée –, elle se précipita vers la porte, contente de constater qu'elle n'était pas encore verrouillée. Elle ignorait si les différents bâtiments étaient bouclés en même temps ou non. Tant qu'elle pouvait entrer, tout allait bien.

Elle avait à peine franchi le seuil que Martha surgit du coin. Son visage était sombre, un froncement sévère déformant ses traits.

— Tu es en retard, lâcha-t-elle sèchement.

L'étonnement de Mercy était sincère.

— Je ne savais pas qu'il y avait un couvre-feu. Vous m'aviez dit que les grilles fermaient à vingt-deux heures, mais vous n'avez rien précisé sur les bâtiments ou sur le fait que je devais être dans ma chambre, se défendit-elle, perplexe. Je ne dors pas très bien. J'ai pensé que ce serait agréable de marcher le soir.

Martha secoua la tête.

— Personne n'est autorisé à sortir après vingt-deux heures.

S'interrogeant sur ce qui se passait et sur la nécessité d'une telle règle, Mercy répondit :

— D'accord. Je ne connaissais pas cette partie.

Elle changea son sac de main et commença à monter les escaliers.

— Je n'avais pas l'intention d'enfreindre les règles.

— Où est ta voiture ?

Son dos se raidit au ton sévère de Martha.

— Je l'ai laissée à l'épicerie. Je prenais un café et j'ai rencontré Michael. Quand il m'a informée que nous disposions de très peu de temps pour revenir avant que les grilles ne se ferment, je suis rentrée avec lui plutôt que de retourner là où ma voiture était garée. J'irai la chercher demain matin.

Sans attendre la réponse de Martha, Mercy monta rapidement les marches. Elle déverrouilla la porte de sa chambre et se précipita à l'intérieur de la pièce. Après avoir claqué la porte derrière elle, elle la verrouilla de nouveau. Martha était stricte, et elle était aussi sacrément effrayante.

Elle porta son sac jusqu'au lit et le laissa tomber, puis retira ses chaussures d'un coup de pied. Elle alluma, se dirigea vers la fenêtre et ouvrit les rideaux. Instinctivement, elle avait conscience qu'elle verrait quelqu'un l'observer d'en face. Et, bien sûr, Michael était appuyé contre la fenêtre de son appartement de l'autre côté de la cour. Elle lui adressa un petit signe de la main et déballa les quelques provisions qu'elle avait achetées. Elle avait pris une bonne partie de ses affaires plus tôt dans la journée et s'était rendu compte qu'elle avait laissé un des sacs dans sa voiture. En réalité, elle était déjà à moitié partie. Sur cette note étrange, elle se prépara rapidement pour se coucher. Cependant, elle avait bu beaucoup de café et n'avait pas sommeil.

Elle marcha vers son lit, puis tira les couvertures et se figea. Elle avait fait les lits à la manière de Martha toute la journée dans la grande maison, mais n'avait pas fait le sien de la même façon. Elle avait été plus vite, presque par défi, après sa charge de travail des derniers jours. Avait-elle finalement fait le sien comme les autres par pur automatisme ? Elle se redressa légèrement et observa le lit. Non. Quelqu'un l'avait définitivement remis en ordre.

Elle balaya la pièce du regard. Est-ce que quelque chose d'autre avait été dérangé ? Inquiète et méfiante, elle fouilla minutieusement sa petite chambre et la salle de bains. Toutefois, comme elle n'avait pas laissé grand-chose derrière elle, mis à part le lit qui avait été fait, elle n'était pas sûre d'être en mesure de prouver qu'elle avait reçu une visite impromptue.

Elle se dirigea vers la fenêtre et considéra Michael. Son téléphone vibra. Sachant que c'était lui, bien qu'elle ne lui ait pas donné son numéro, elle sortit le portable et lut le message. Elle répondit rapidement.

Ma chambre a été fouillée.

Comment tu le sais ?

Le lit a été fait différemment.

Elle scruta la pièce en attendant sa réponse. Que s'était-il passé d'autre pendant son absence ? Elle songea à l'appeler, mais était-il possible que sa chambre soit sur écoute ? Le partage de ces informations par téléphone pourrait aussi le mettre en danger, et c'était la dernière chose qu'elle souhaitait. Cette situation devenait folle. Elle avait la chair de poule. Elle lui envoya rapidement un SMS.

Et si ma chambre était sur écoute ?

Son portable sonna aussitôt. Elle répondit, sachant d'une manière ou d'une autre que c'était Michael.

— Sors. Sors tout de suite et ne reviens pas, lui intima ce dernier.

Elle regarda son téléphone, choquée.

— Pourquoi ?

Elle voulait en dire plus, mais… si quelqu'un écoutait ?

— Ne fais pas l'idiote. N'est-il pas arrivé assez de choses ? As-tu besoin que la prochaine soit pire que ça ?

— Je me demande pourquoi ils feraient ça. Il n'y a rien à trouver ici.

Un silence suivit.

Jusqu'à ce qu'un texto vibre dans sa main.

Sors maintenant. Quelqu'un pourrait écouter.

Puis elle entendit des pas monter les escaliers. Merde !

MICHAEL L'OBSERVAIT PAR la fenêtre, espérant qu'elle se retournerait, rassemblerait ses affaires et filerait en douce. Il avait conscience que les alarmes seraient enclenchées et que sortir risquerait de ne pas être chose facile, cependant, étant donné que le système de sécurité était défectueux, elle avait peut-être une chance.

Alors qu'il la voyait à sa fenêtre, il aperçut de nouveau un éclat de lumière au niveau du palier du rez-de-chaussée, indiquant que quelqu'un montait discrètement. Il lui envoya rapidement un message, mais elle ne répondit pas. Il la regarda se diriger vers le lit, sa silhouette se dessinant derrière les rideaux. Elle s'assit lourdement sur son matelas, la lumière au plafond toujours allumée. Cela suffirait à projeter une lueur sous la porte principale.

Il envoya un autre SMS d'avertissement et considéra anxieusement l'ombre qui s'arrêtait une nouvelle fois en haut des escaliers, grâce à la fenêtre. D'après ce qu'il savait, il n'y avait pas eu de nouvelles embauches. Par conséquent, ce rôdeur était quelqu'un qui travaillait sur la propriété depuis assez longtemps pour savoir où se trouvait Mercy. Il la vit se déplacer rapidement dans la pièce, comme si elle faisait ses bagages. Il espérait vraiment que ce soit le cas. Elle éteignit la lampe. Instantanément, sa chambre fut plongée dans le noir.

Il évalua la distance entre sa fenêtre et le sol, mais il n'y avait ni véranda, ni petit patio, ni escalier de secours. Elle n'avait aucun moyen de sortir de là, du moins pas facilement. Alors qu'il se préparait à traverser la cour pour la secourir, il vit l'ombre redescendre lentement les marches. Nerveux, il avait envie de démolir cet enfoiré qui la tourmentait.

Il regarda la lumière s'éteindre en bas des escaliers, puis la porte près de ceux-ci s'ouvrit. Un des gardes sortit, parlant dans un talkie-walkie. En réalité, il vérifiait simplement qu'elle était dans sa chambre. En voyant la lumière s'éteindre, il avait confirmé qu'elle s'était couchée.

C'était vraiment flippant. Feraient-ils la même chose pour lui ?

Il balaya sa propre chambre des yeux. Il avait un peu plus d'affaires qu'elle. Il avait vérifié la pièce durant les vingt-quatre heures suivant son arrivée. Il ne prenait aucun risque dans ce domaine. Cependant, il n'avait rien apporté de suspect et avait veillé à n'avoir rien de valeur non plus.

En revanche, il n'était pas prêt à partir. Il devait comprendre ce qui était arrivé à Sammy avant de quitter les lieux. L'échec n'était pas une option. Dans les grandes propriétés, il existait souvent une hiérarchie parmi le personnel, et parfois les employés de rang inférieur devaient payer ceux de rang supérieur pour qu'on leur fiche la paix. On ne lui avait pas encore proposé de pot-de-vin de ce genre, mais il n'en aurait pas été surpris dans cet endroit. Bien sûr, si le patron l'apprenait, ils seraient virés sur-le-champ.

Il reporta son attention sur la fenêtre et envoya un message à Mercy.

Le garde a vérifié que tu étais dans ta chambre. Il fait maintenant une ronde dans le périmètre.

La réponse arriva presque instantanément.

D'accord. C'est logique.

Pas du tout. J'aimerais que tu t'en ailles maintenant.

Pas maintenant.

Alors, quand nous irons chercher ta voiture demain matin, assure-toi de ne rien laisser derrière toi. Tu ne reviendras pas.

Il jeta son téléphone sur le lit. Il devait la sortir d'ici. Il n'avait rien entendu ni vu, mais son instinct lui hurlait de faire attention. Si, pour une raison quelconque, ils découvraient qui elle était, elle serait morte en un clin d'œil.

Il fut difficile de dormir cette nuit-là. Il somnolait par tranches d'une heure, se réveillait pour vérifier que tout allait bien, puis se rendormait. À cinq heures du matin, il était déjà debout, en train de siroter un café. Les grilles s'ouvraient à six heures, et il voulait être sur la route pour la sortir de là à six heures cinq. Elle était un peu trop têtue à son goût, même s'il comprenait la loyauté.

Il comprenait aussi la nécessité d'obtenir des réponses. Toutefois, elle devait s'en aller et laisser ça aux professionnels. Il lui envoya un message à six heures.

Tu es prête ?

Prête à aller chercher ma voiture, oui, mais je reviendrai. Je veux des réponses.

Je m'occuperai de cette partie. Toi, tu dois être en sécurité.

Je vais prendre un petit déjeuner.

Il rangea son téléphone.

Il savait déjà qu'elle ne coopérerait pas.

Ensuite, il rassembla le reste de ses affaires dans un seul bagage, mit son ordinateur portable dans son sac à dos qu'il passa par-dessus son épaule et sortit avec les clés. Il verrouilla la porte de l'appartement derrière lui, installa un piège pour s'assurer qu'il saurait si quelqu'un entrait en son absence, puis se dirigea vers son pick-up. Il n'était pas officiellement de service avant sept heures et demie. Il avait largement le temps de l'emmener en ville récupérer sa voiture, puis de revenir.

Il fit chauffer le moteur et se gara sur le côté de la maison. Ne la voyant pas arriver, il lui envoya rapidement un SMS.

Le moteur tourne.

Elle ne vint pas pendant un long moment. Alors qu'il était sur le point d'aller la chercher, elle sortit, mâchonnant encore un morceau de toast. Elle sauta dans le pick-up, un sac à la main, et lui lança un regard grognon.

— J'ai besoin de me nourrir, tu sais ? J'ai donc préparé une tartine pour la route.

— Tu aurais pu manger en ville.

— Ou à mon retour, murmura-t-elle.

— Tu ne reviendras pas.

— Bien sûr que si, rétorqua-t-elle avec assurance. C'est logique qu'ils aient vérifié que j'étais en sécurité hier soir.

Il lui jeta un regard incrédule.

— S'ils ne s'assuraient pas que tu ne parlais pas au téléphone, n'envoyais pas de messages ou ne faisais pas venir quelqu'un… Ils pouvaient contrôler plein d'autres choses.

— Tu vis dans un monde sombre, toi, non ? Si c'est ça qui te vient à l'esprit…

— Et toi, tu ne peux pas être aussi innocente. Ta sœur a été assassinée. Ça devrait t'inciter à prendre de sérieuses précautions.

— J'en prends. Toutefois, c'est aussi une raison suffisante pour me donner envie de comprendre ce qui s'est passé.

Sur un coup de tête, il dépassa sa voiture et se dirigea vers le commissariat.

— Mais qu'est-ce que tu fais ? s'exclama-t-elle. Où va-t-on ?

— Parler au détective. Voir s'il a des nouvelles.

Sa colère s'apaisa.

— Oh, c'est une bonne idée !

En arrivant, ils furent contents de trouver le policier qui sortait de son véhicule. Il haussa un sourcil en les voyant ensemble.

— Je n'ai pas beaucoup d'infos, les prévint-il.

— Vous en avez quand même ? demanda Mercy avec impatience.

— Pas vraiment. J'ai enfin reçu les vêtements de votre sœur, mais il n'y avait rien dessus. Son ADN a été trouvé sur sa brosse à dents. Je pourrai vous les remettre quand notre équipe médico-légale aura terminé.

Dépitée, elle opina du chef.

— Je les ai déjà examinés aussi.

Il la considéra.

— Quoi ? Comment ?

Michael intervint :

— C'est une des raisons pour lesquelles je voulais vous

voir. Elle a pris la place de sa sœur dans la maison. Je souhaite qu'elle en sorte. Ça devient dangereux. Je ne veux pas qu'elle finisse comme Anna.

Le détective jura en apprenant ce qu'elle avait fait.

— Ce n'est pas intelligent. Vous êtes en plein milieu de notre enquête, et je ne peux pas laisser ça se produire.

Elle releva le menton vers les deux hommes.

— J'ai fait ce que j'avais à faire. Pour avoir des réponses. Personne d'autre ne les a trouvées pour moi.

Le policier se tourna vers Michael.

— À quel point est-ce dangereux ?

Michael haussa les épaules.

— Il n'y a rien eu de particulier. Cependant, chaque nuit, ils vérifient qu'elle est enfermée dans sa chambre.

Il la regarda.

— En plus, elle a l'impression d'être surveillée en permanence, et on lui dit sans cesse de rester à l'écart et de ne parler à personne.

Le détective pivota vers elle.

— C'est vrai ?

Elle hocha la tête.

— Mais ce n'est pas encore si grave. J'ai eu peur en entendant des pas monter les escaliers. Personne n'a frappé. Toutefois, le fait de savoir qu'un homme était dehors m'a effrayée. Je comprends maintenant. Le système de sécurité est défectueux. C'est normal que les gardes contrôlent que je sois là ou non.

Michael la dévisagea.

— Sérieusement ?

Le policier la considéra, surpris.

— Vous n'êtes quand même pas aussi naïve.

Elle fronça les sourcils en les regardant tous les deux.

— Non.

Chapitre 8

EN RÉALITÉ, MERCY n'était pas du tout naïve.

— Je n'en fais pas tout un plat, et j'ai effectivement passé en revue les affaires de ma sœur en les rangeant pour vous. Cependant, je n'ai rien trouvé de personnel. En revanche, j'ai découvert un carnet.

Elle se tourna vers Michael.

— Tu l'as apporté ?

Il le sortit de sa poche arrière et le tendit au détective.

— C'était à ma sœur. Je l'ai trouvé derrière l'armoire à pharmacie dans ma chambre.

Il la regarda.

— Qu'y a-t-il dedans ?

— Elle parle d'un nouveau petit ami, mais ne mentionne pas grand-chose sur les gens avec qui elle travaillait. Elle ne cite aucun nom. Elle semblait un peu méfiante et avait peur d'être surveillée.

Mercy prit une profonde inspiration, sachant que la suite allait le surprendre.

— Elle a vu des caisses d'armes être déchargées.

En feuilletant le calepin, le policier siffla entre ses dents.

— C'est énorme.

— Je ne peux pas croire qu'ils seraient assez stupides pour tuer une deuxième femme de ménage aussi rapidement, protesta-t-elle.

— Qui a dit qu'ils te tueraient ? rétorqua Michael. Ils pourraient se contenter de te faire disparaître. Et s'ils prétendaient au détective ici présent que tu avais trouvé le travail trop difficile et que tu étais partie en pleurant ?

Le policier ajouta :

— Ce ne serait pas si saugrenu. Il n'est pas rare de disparaître dans la nature sans que personne n'entende plus jamais parler de vous.

Elle secoua la tête.

— Nous ne sommes pas au Moyen Âge. Il doit bien y avoir un moyen d'obtenir les informations dont nous avons besoin.

— Comment est la sécurité sur place ?

— Elle serait bien meilleure si Michael arrêtait de saboter les lignes, répondit-elle avec véhémence.

Michael la dévisagea avec des yeux sombres et impassibles.

— C'était nécessaire, argua-t-il.

— Oh, je n'en doute pas ! acquiesça-t-elle avec un sourire. Mais ne me dis pas que je ne remarque pas les choses.

— Si vous y retournez… répliqua le détective en levant le carnet. Étant donné que vous avez déjà trouvé ça, qu'est-ce que vous pensez découvrir d'autre ?

— Aucune idée, concéda-t-elle. Toutefois, je ne le saurai pas tant que je n'aurai pas cherché de nouveau.

Le policier secoua la tête.

— Réfléchissez-y bien. Ces hommes ont déjà tué deux fois. Rien ne les empêchera de tuer une troisième fois. Si vous devenez trop curieuse, trop suspicieuse ou quoi que ce soit d'autre, ils feront en sorte que vous ne soyez plus là pour prouver les deux premiers meurtres.

— Et pourtant, ce serait louche qu'une autre personne

disparaisse du domaine.

— Seulement s'ils étaient responsables de la disparition, rétorqua Michael d'un ton dur. Ils préparent quelque chose.

Le ton du détective se durcit :

— Quoi et quand ?

Michael esquissa un demi-sourire.

— Vous le saurez quand je le découvrirai. Jusqu'à présent, nombre de réunions se font à huis clos, avec beaucoup d'allées et venues, et il y a de l'activité dans les niveaux inférieurs.

— Niveaux inférieurs ? répéta Mercy. Je connais la cave à vin, mais c'est tout.

Le lieu était immense, donc c'était possible.

Il opina du chef.

— Il y a deux sous-sols complets. L'un est aménagé comme une grande salle de réunion avec une entrée et une sortie séparées que je n'ai pas encore trouvées. L'autre est composé d'une grande cave à vin, d'un espace de stockage et d'un entrepôt.

— Vous avez une idée de ce qui y est stocké ?

Michael jeta un coup d'œil en biais au policier.

— Je soupçonnais de la drogue, cependant, après avoir pris connaissance du contenu du carnet, je pencherais plutôt pour des armes, ou les deux. L'ambiance suggère que quelque chose se prépare, mais j'ignore quoi. Si on a de la chance, une nouvelle cargaison est sur le point d'arriver.

— Vous pouvez descendre pour voir ?

— Peut-être. Ça dépend de ce qui se passe. Ils pourraient avoir besoin de bras en plus. Je ne suis pas sûr de réussir à prendre des photos.

Mercy recula et les écouta discuter.

— Je pourrais peut-être descendre pour nettoyer, intervint-elle soudainement.

Les deux hommes la regardèrent en fronçant les sourcils.

Elle se dépêcha d'ajouter :

— On m'a envoyée à la cave une fois pour chercher du vin.

— Avez-vous remarqué autre chose là-bas ? demanda le détective.

Elle secoua la tête.

— C'est très sombre, et c'est immense.

— Assez grand pour stocker des armes ? lâcha le policier. Même si ce serait stupide de tout garder sur place.

— Si elles n'étaient pas sur place, ce serait difficile de les surveiller, rappela Michael.

Mercy jeta un coup d'œil à sa montre.

— Il faut que je récupère ma voiture et que je retourne au domaine. Si quelque chose se passe, ou si je ressens une quelconque inquiétude, je sortirai directement. Je prendrai mes affaires et j'irai à ma voiture. Les grilles resteront ouvertes jusqu'à vingt-deux heures ce soir. Je peux partir à tout moment. Toutefois, si cette réunion a lieu, vous aurez besoin de moi pour photographier les allées et venues.

Michael secoua la tête.

— Pas de photos. Si c'est moi le chauffeur, je peux installer une caméra dans la voiture. Nous aurons des clichés de tous ceux qui monteront et descendront du véhicule.

Elle s'illumina.

— C'est ingénieux.

Il renifla.

— C'est mon boulot.

Elle lui adressa un sourire éclatant.

— Super. Je suis contente d'entendre ça.

En vérité, elle ne savait pas quoi penser de lui. Le fait

qu'il l'ait emmenée au poste de police et qu'il essaie de la convaincre de ne pas retourner à la propriété en disait long sur sa prévenance. C'était rassurant de le savoir avec elle. Qu'il sache qui elle était et pourquoi elle était là. Bien qu'elle soit en danger, sa présence à ses côtés la rendait plus sereine. Peut-être que ce n'était pas une bonne chose. Elle ne voulait surtout pas se retrouver dans des problèmes comme sa sœur, même si elle était déjà impliquée.

Les gens qui se souvenaient de sa sœur disaient que sa mort était prévisible. Cependant, elle n'avait pas été complètement mauvaise. C'était facile de juger les gens. Parfois, on perdait de vue qui ils étaient vraiment à l'intérieur.

Malheureusement, Sammy et sa sœur n'étaient plus là. Tout ce que Mercy pouvait faire maintenant, c'était deviner ce qui pourrait se passer et envisager qui, au domaine, était probablement impliqué. Elle détestait l'avouer, mais elle avait besoin que la police découvre ce qui se tramait. De quelque manière que ce soit. Bien que le fait de rester et de travailler au domaine la rendait malheureuse, elle n'était pas encore prête à abandonner son poste. Elle avait le sentiment qu'elle pouvait agir davantage, même si elle avait déjà tout essayé. Peut-être qu'elle pourrait parler à d'autres personnes, comme le gentil assistant de cuisine. Toutefois, elle ne connaissait pas son emploi du temps.

— Il faut que je retourne bosser. Je ne peux pas me permettre d'être en retard.

Elle observa les deux hommes qui échangeaient un regard, puis le détective hocha la tête avec fermeté.

— Vous pouvez y retourner, mais vous devez rester en contact avec moi. Envoyez-moi un simple texto de contrôle à vingt et une heures ce soir et un autre demain matin.

Il la dévisagea et ajouta :

— Et avant que vous ne disiez une bêtise, rappelez-vous ce qui est arrivé à votre sœur.

Il sortit deux cartes de visite.

Elle grimaça.

— Ce n'est vraiment pas juste.

— Il n'y a rien de juste dans tout ça, rétorqua Michael.

Il prit les cartes que le policier lui tendait, et en donna une à Mercy.

— Envoie-lui un SMS, et à moi aussi.

Avant de quitter le bureau, il attrapa un stylo sur le bureau et écrivit rapidement son nom et son numéro de téléphone sur une carte qu'il rendit au détective.

— Elle a déjà mon numéro de portable, expliqua-t-il.

Le détective se leva.

— Je ne peux pas vous forcer à rester à l'écart, déclara-t-il en se tournant de nouveau vers elle. Cependant, tout en moi me dit que vous ne devriez pas y retourner.

Elle hocha la tête.

— Aujourd'hui, j'y vais. Ensuite, je verrai.

De retour dans le pick-up, elle observa l'expression de Michael.

— Je ferai attention, tu sais ? Je n'ai pas de pulsions suicidaires.

Il renifla.

— Apparemment si. Tu y retournes.

— Peut-être que je peux trouver quelque chose d'utile, répliqua-t-elle.

— Oui, comme quoi ?

Elle ne savait pas quoi répondre. Elle détestait se sentir inutile.

— Je pourrais parler à quelqu'un pour obtenir des informations.

— Et peut-être que tu ne découvriras rien.

— J'ai mis la main sur le carnet. Je resterai aujourd'hui, peut-être cette nuit, et je partirai demain matin.

Après qu'ils se furent garés à côté de sa voiture et avant qu'elle ne descende, il lui attrapa la main pour l'empêcher de sortir.

— Promis ?

Elle soupira.

— Si tu es sûr que je suis vraiment en danger, je le promets.

Il hocha la tête.

— Je compte sur toi. Cela signifie que tu t'en iras demain matin au plus tard. J'aimerais mieux que ce soit ce soir.

— Pourquoi penses-tu qu'ils s'assurent que je suis dans ma chambre ? demanda-t-elle.

Il regarda par le pare-brise.

— La logique suggère qu'ils ne veulent pas que tu voies ou entendes ce qu'ils font.

— Mais les portes ne sont pas verrouillées de l'extérieur. Rien ne m'empêcherait de sortir ou d'aller voir ce qu'ils trafiquent.

Il l'étudia un moment.

— À moins qu'ils n'aient installé des caméras ou une alarme à la porte de ta chambre. Je pense qu'elle pourrait être sur écoute aussi.

Il la considéra longuement.

— Comment dors-tu là-bas ?

— Je suis épuisée, alors je dors comme une bûche, admit-elle.

Il opina du chef comme s'il s'attendait à cette réponse.

— C'est normal. Tu travailles dur. Trop dur.

Il se détendit.

— Bien. Fais attention. Je ne veux pas que tu tombes malade.

IL ATTENDIT QU'ELLE monte dans sa voiture, l'esprit agité et préoccupé. Ce qu'il avait dit était vrai. Sammy avait des défauts, mais il aurait été très conscient des dangers environnants. Son instinct était infaillible. Certes, Michael ne savait pas encore ce qui avait causé sa mort, cependant, il le découvrirait bientôt. Il le découvrirait, c'était certain.

Il gardait toujours ses stores fermés, ses lumières éteintes derrière les rideaux. La nuit précédente, il était resté éveillé avec ses jumelles pour observer ce qui se passait dehors. Et, clairement, quelque chose se tramait. Deux véhicules avaient été admis à minuit, comme il l'avait raconté au détective plus tôt. Ils étaient toujours dans le triple garage de la maison. Un garage auquel il soupçonnait qu'il n'aurait pas accès. C'était bien ainsi. Car, dès qu'on lui refusait l'accès à un endroit, c'était là qu'il voulait être, et il y entrerait en temps voulu.

Toutefois, il devait aussi s'assurer que Mercy serait en sécurité. Il comprenait sa loyauté. Il comprenait son besoin de réponses. Mais il voulait qu'elle s'en aille, loin d'ici. Elle lui avait promis de ne rester qu'une nuit de plus. Maintenant, peut-être qu'avec un peu de chance, il la ferait partir avant la tombée de la nuit. Ensuite, il irait se balader sur la propriété, afin de vérifier quelques trucs.

Il retourna au domaine, veillant à rester à une ou deux voitures derrière elle. Elle passa les grilles et se gara à sa place habituelle. Il avait conscience qu'ils avaient déjà été remarqués. Il stationna à son emplacement, sauta de son véhicule et monta à son appartement. Rien n'avait été dérangé. Cela confirmait sa théorie : soit l'endroit était sur écoute, soit il y avait une caméra qu'il n'avait pas encore trouvée, ce qui l'énervait. Il avait pourtant tout contrôlé en arrivant ; désormais, il avait bien l'intention de procéder à un nouvelle fouille minutieuse.

Une fois celle-ci achevée, il regarda sa montre. Il était temps de partir. Que cela soit bon ou mauvais, sa journée de chauffeur et de jardinier venait de débuter. Il attrapa une pomme et un morceau de fromage dans son frigo, ouvrit la porte et descendit les escaliers. Dès qu'il fut sorti, Bruce, le chef de la sécurité et son patron, se tenait à côté de lui.

Michael lui jeta un coup d'œil et demanda :

— Que puis-je faire pour vous ?

— J'aimerais savoir où la femme de ménage et toi étiez ce matin, lâcha-t-il d'une voix sèche.

Michael haussa les épaules avec désinvolture.

— Nous nous sommes croisés dans un café hier soir. Elle ne se sentait pas bien, il était tard, alors je l'ai raccompagnée. Je l'ai emmenée récupérer sa voiture ce matin.

Bruce leva les yeux au ciel et hocha la tête.

— Occupe-toi du jardin aujourd'hui. Évite les garages et reste près de la maison, s'il te plaît. La sécurité sera renforcée pendant que nous réparerons les lignes.

Michael opina du chef.

— Pas de problème.

Il croqua dans sa pomme et se dirigea vers le jardin. Exactement ce à quoi il s'attendait. Plein de choses se tramaient. Il devait maintenant comprendre ce que c'était.

Chapitre 9

MERCY ENTRA DANS la maison en quête de nourriture. Elle avait de nouveau très faim. Le petit toast qu'elle avait mangé plus tôt était loin derrière elle. Avec tout le travail qu'elle accomplissait, elle ignorait si quoi que ce soit serait en mesure de la rassasier. En entrant dans la cuisine, elle trouva le chef en train de préparer le petit déjeuner.

Il leva les yeux.

— Je te prépare une assiette dans quelques minutes. Va t'asseoir dehors.

Elle hocha la tête, prit une tasse de café et attrapa un muffin dans un panier. Elle sortit sur la terrasse. Elle espérait que le chef lui apporterait une grande assiette de nourriture, pour qu'elle puisse garder le muffin pour plus tard. Cependant, en regardant ce dernier, elle se rendit compte à quel point elle avait faim. Elle le termina en cinq bouchées à peine. Elle ne l'avait pas accompagné de beurre, car elle avait déjà l'impression de s'être servie sans permission.

Alors qu'elle finissait, le jeune homme qu'elle avait rencontré la veille sortit, cette fois sans sourire. Sans un mot, il lui donna une assiette d'œufs, de saucisses et de pommes de terre.

Elle sourit de soulagement.

— Merci, dit-elle. J'ai tout le temps faim ici.

Il secoua la tête et lui tapota l'épaule.

— Nous ne sommes pas censés être trop amicaux, mais ce n'est pas une raison pour mourir de faim. Je t'apporte les toasts dans une minute.

Comprenant par son ton et son attitude qu'il avait probablement été réprimandé par Martha, tout comme elle, Mercy lui adressa un rictus discret.

— Eh bien, l'amitié et la nourriture supplémentaire sont appréciées. Merci.

Il disparut, et elle attaqua son repas. Il faisait un peu chaud dehors, sans que ce soit trop désagréable.

En mangeant, elle entendit des voix s'approcher. C'était un tout petit patio réservé au personnel. Toutefois, elle avait l'impression que les employés n'en profitaient pas. C'était l'une des raisons pour lesquelles elle aimait s'asseoir ici. Elle distinguait des bribes de conversations de ceux qui travaillaient à l'extérieur.

— Nous avons vérifié toutes les lignes dans la cuisine. Il n'y a aucune rupture, aucune altération.

— Il faut continuer à chercher. Si nous n'y arrivons pas, il faudra poser de nouvelles lignes. Il faut que ce soit terminé d'ici midi.

— D'accord.

— Robert, dit le premier homme. Je ne plaisante pas. Fais en sorte que ce soit fini d'ici midi. Sinon, tu sais…

Elle supposa que ce fut Robert qui répondit :

— Nous ferons de notre mieux.

Sa voix était un peu nerveuse. Dommage qu'elle ne puisse pas voir son visage.

— Non, ce n'est pas suffisant, répliqua l'autre type, sa voix se durcissant. Il faut que ce soit finalisé rapidement. Nous ne pouvons pas avancer sur le reste tant que le système de sécurité n'est pas opérationnel.

— Compris.

Les voix s'éloignèrent. Elle crut entendre un gars continuer à travailler sur le côté de la maison.

Le jeune assistant revint avec une assiette de toasts. Dans son autre main, il tenait une petite assiette avec plusieurs muffins. Il les déposa toutes les deux à côté d'elle.

— Si tu ne manges pas les muffins tout de suite, tu peux toujours les garder pour une pause plus tard.

Elle leva les yeux vers lui.

— Je n'ai pas de pause.

Il hocha la tête.

— L'ambiance est tendue en ce moment. Tiens bon. Tout ira bien.

À ses mots, elle se détendit et profita de son petit déjeuner.

Il y avait quelque chose de très réconfortant dans une simple tartine chaude beurrée. Elle emballa les muffins dans plusieurs serviettes avant de les glisser dans ses poches. Ensuite, elle rapporta ses assiettes à l'intérieur et les posa sur le comptoir près du lave-vaisselle. Il semblait que le chef et son assistant se tenaient dans un petit coin de la pièce. Elle quitta rapidement la cuisine, prête à commencer sa journée. Elle débuterait dans la buanderie.

Alors qu'elle y entrait, Martha en sortait.

— As-tu récupéré ta voiture ?

Forçant un sourire, Mercy opina du chef.

— Oui. Michael m'a déposée en ville ce matin.

Martha regarda sa montre et se rendit compte que Mercy était en avance de quelques minutes.

— Nous avons beaucoup de travail aujourd'hui.

Mercy réprima un cri de désespoir.

— La maison a été briquée de fond en comble, répliqua-t-elle d'un ton léger. Je ne sais pas ce qu'il reste à faire.

Martha lui lança un regard indéchiffrable, puis s'éloigna. Mercy choisit de considérer cela comme le signe que personne ne lui expliquerait quoi que ce soit.

Elle consulta son emploi du temps modifié. Elle avait du pain sur la planche. Elle ne serait pas en quête de tâches supplémentaires avant un bon moment.

MICHAEL FIT QUELQUES courses, lava les véhicules à l'intérieur comme à l'extérieur, puis se rendit dans le jardin. Pas une seule fois il ne pénétra dans les garages. Lorsqu'il avait essayé, un garde lui en avait bloqué l'entrée. Quand il avait expliqué ce qu'il voulait, l'homme s'était tourné vers quelqu'un d'autre. À eux deux, ils lui avaient apporté ce dont il avait besoin.

Il retourna vers les voitures, cherchant comment accéder aux étages inférieurs de la maison. Cependant, cela ne serait pas chose aisée non plus. Cet endroit était très bien sécurisé.

De plus, il n'avait pas de flingues avec lui. Non qu'il en ait besoin. Un couteau était plus discret, plus furtif, plus dans son style. En milieu d'après-midi, il retourna jardiner. En se dirigeant vers le cabanon pour prendre le sécateur à rosier, il examina les traces à travers les champs. Le domaine couvrait dix acres, dont la plupart étaient des jardins entretenus autour du manoir. Cependant, les autres hectares étaient vallonnés, et il ne s'était jamais éloigné des jardins. Il pouvait y avoir d'autres bâtiments dont il ignorait l'existence.

En réfléchissant aux niveaux inférieurs de la maison, il se rendit compte qu'il était tout à fait envisageable qu'ils disposent d'un accès par l'extérieur. Mais où ? Une fois que son esprit emprunta cette voie, il prit conscience du nombre d'options possibles. Un bunker ? D'autres constructions souterraines ? Non, il s'attendait à quelque chose au sein même du manoir de mille cinq cents mètres carrés, surtout si des camions faisaient des allers-retours. Il n'avait vu aucun accès au manoir en mesure d'accueillir un camion. Cependant, en contemplant les traces de l'autre côté de l'abri de jardin, il remarqua qu'il y en avait davantage.

Il enfila des gants épais pour tailler les rosiers et retourna à sa tâche. Les rosiers étaient épais et lourds, et avaient grandement besoin d'être taillés, surtout une fois que les racines étaient bien établies. Il travaillait avec application, tout en gardant un œil sur ce qui se passait autour de lui. Il percevait des bruits au loin, là où il avait vu les traces disparaître. Une route semblait passer à travers la haie de cèdres. Toutefois, il était trop loin pour distinguer quoi que ce soit.

Il n'avait pas croisé Mercy depuis qu'ils s'étaient séparés plus tôt ce matin-là. Il l'avait cherchée sur la terrasse, mais, la seule fois où il était passé devant, elle n'y était pas. Pour lui, cet endroit était une forteresse, où tout le monde était extrêmement bien formé. Ce n'était pas un lieu pour elle.

Tout en terminant un rosier, il planifia un créneau pour suivre les traces. Il était quasiment sûr qu'il y avait une alarme sur la porte de sa chambre, probablement sur les fenêtres aussi. Il lui faudrait les désactiver pour sortir, puis les réactiver à son retour. Il envisagea également l'existence d'une porte communicante. Il y avait deux appartements au-dessus de l'atelier mécanique. À sa connaissance, l'autre était vide. Il devait trouver un moyen de passer de l'un à l'autre. En l'absence de porte communicante, il espérait avoir accès au grenier.

Il acheva de tailler un autre rosier et attaqua celui d'à

côté. Celui-ci était encore plus grand, plus vieux et avait encore plus besoin d'une taille. Il retourna à l'abri de jardin, prit une brouette pour regrouper toutes les branches coupées et les transporta vers une grande remorque utilisée pour le compost. Le domaine avait un espace réservé aux déchets verts.

Alors qu'il revenait pour ramasser les derniers débris, un des gardes l'attendait. Michael recueillit les derniers morceaux, les mit dans la brouette, posa son sécateur dessus et demanda :

— Que puis-je pour vous ?

— Emporte le reste du compost à la déchetterie maintenant.

Il hocha la tête ; il avait conscience que cela n'avait aucun sens, car la remorque n'était même pas à moitié pleine. Ils voulaient simplement l'éloigner.

— Pas de problème. J'allais justement m'en occuper.

— Robert t'accompagne.

Chapitre 10

MERCY N'EUT PAS le temps de s'inquiéter de sa situation pour le reste de la journée. Elle travailla dur, garda la tête baissée, ne remarqua rien et n'entendit rien. Au lieu de cela, les gens furent plus amicaux que jamais. Elle en vit certains lui sourire et se détendre. Michael se faisait sûrement du souci pour rien. Mercy travailla si intensément le matin que, lorsque le moment du déjeuner arriva, elle se rendit compte qu'elle avait presque manqué l'heure. Elle se précipita dans la cuisine, attrapa l'assiette qui l'attendait, cria « Merci » et sortit sur la terrasse désignée.

Le temps semblait sur le point de tourner à la pluie, mais elle espérait qu'il resterait assez agréable pour qu'elle continue à s'asseoir dehors malgré le changement de saison. Lorsqu'elle s'installa, elle se figea, horrifiée par ses pensées à long terme. Elle s'était visiblement trop plongée dans son rôle. Elle prit son sandwich et mordit dedans.

Il fondit dans sa bouche. Contrairement aux deux premiers qui étaient secs et désagréables, celui-ci était savoureux et plein de légumes. Elle dut se freiner pour ne pas l'engloutir trop vite.

Contrairement à plus tôt, où elle avait entendu des gens sur le côté, sa pause de midi fut paisible et silencieuse. Elle l'apprécia. Dans un état d'esprit beaucoup plus joyeux, elle rentra. Elle avait encore un muffin dans sa poche, qu'elle garderait pour plus tard. Elle avait mangé l'autre en milieu de matinée.

Elle rinça son assiette, la plaça dans le lave-vaisselle, puis se retourna pour partir. Elle trouva le propriétaire debout à l'entrée de la cuisine, qui la regardait fixement. Il ne dit rien pendant un long moment. Elle se balança nerveusement devant ses yeux. Elle lui adressa un sourire timide.

— Bonjour.

Il hocha la tête.

— J'ai besoin que tu tries des papiers qui ont été mélangés. Il faut que tu regroupes les pages.

Elle s'éclaira. C'était dans ses cordes.

— Bien sûr.

Il lui fit signe de marcher devant lui. Elle le dépassa et entra dans le grand couloir. Martha était là, un froncement de sourcils sur le visage. Elle jeta un coup d'œil à M. Freeman.

— Maintenant ?

Il opina du chef et indiqua une grande pièce sur le côté. Mercy y pénétra et vit une table de réunion, pas aussi grande ni opulente que celle de la salle à manger, avec une pile de papiers dessus. Elle chercha du regard des classeurs ou quelque chose pour ranger les papiers.

Il dit :

— Assieds-toi.

Elle tira la chaise et prit place.

Il posa plusieurs grands classeurs devant elle et ajouta :

— Je veux que tu retrouves les factures qui correspondent à chacune de celles-ci.

Elle tenta de ne pas lever un sourcil de surprise, mais ouvrit le premier classeur et se rendit compte que toutes les factures étaient en ordre. Quelques minutes plus tard, elle trouva celle qui s'y rapportait dans la pile. Elle la souleva.

— Voici la facture correspondante. Que voulez-vous que je fasse ensuite ?

Il y jeta un coup d'œil et fronça les sourcils.

— Agrafe-les ensemble et mets-les dans le même classeur avec un drapeau rouge.

Il désigna les petits post-it rouges.

Les factures étaient signées. Elle hocha la tête, les agrafa, ajouta le drapeau rouge, remit les factures dans le classeur, puis referma ce dernier.

Elle le regarda et demanda :

— Vous voulez que je fasse cela pour chacune de ces factures maintenant ?

Il hocha la tête.

— Oui, et aussi vite que possible, s'il te plaît.

Elle acquiesça et se mit au travail. Une fois qu'elle eut compris quels numéros correspondaient aux classeurs, cela alla beaucoup plus vite. Pourtant, cela lui prit environ une heure et demie. Elle prit note des éléments, mais il n'y avait rien d'intéressant. Jusqu'à ce qu'elle tombe sur plusieurs papiers et découvre plusieurs notes manuscrites. Et des numéros de téléphone. Son souffle se coupa. Elle risqua un regard vers M. Freeman. Il avait la tête baissée. Elle lança un autre coup d'œil aux numéros et les mémorisa. Puis elle reprit rapidement sa tâche. Même en vérifiant, elle ne trouva rien d'autre d'intéressant.

Une fois le tri achevé, elle déclara :

— C'est bon, j'ai terminé.

Elle se retourna, et son sourire s'effaça. Il la dévisageait de nouveau avec ce regard reptilien. Elle réprima difficile-ment les frissons qui lui parcouraient le dos. Tandis qu'elle était clouée sur place, il l'étudia. Ensuite, d'un bref hochement de tête, il reporta son attention sur la pile de documents sur la table. Légèrement soulagée, elle se recula ; son souffle était saccadé. Il se leva pour contrôler, ouvrit chaque classeur, vit tous les post-it rouges, feuilleta le premier porte-documents pour vérifier les factures en double signalées, opina du chef et dit :

— Bien, merci.

— Pas de problème. Y a-t-il autre chose ?

Elle espérait que non. Elle avait envie de partir d'ici. Les informations brûlaient dans sa tête. Elle devait se dépêcher. Elle voulait tout écrire avant d'oublier. Et ensuite transmettre tout cela à quelqu'un – mais à qui ?

Il secoua distraitement la tête.

— Pas pour l'instant, merci.

Elle se dirigea vers la porte et annonça :

— Alors, je vais reprendre le ménage.

Comme il ne répondit pas, elle prit cela pour un « oui » et quitta la pièce. Elle devait vérifier son emploi du temps pour voir ce qu'elle avait à faire désormais et si elle avait assez de temps pour cela. Elle se rendit compte qu'elle avait dépassé son horaire habituel pour les chambres. Elles devaient être prêtes pour les invités.

Elle monta à l'étage vers la première chambre, enleva les draps, probablement jamais utilisés, et mit des draps propres. Tandis qu'elle terminait de faire le lit, Martha entra, jeta un coup d'œil et hocha la tête.

— N'oublie pas de changer les serviettes.

Puis elle s'arrêta et fronça les sourcils.

— As-tu fini le classement ?

Se sentant coupable sans raison valable, Mercy acquiesça.

— Oui. Il y a environ dix minutes.

Martha lui adressa un petit sourire avant de sortir.

Waouh, un sourire, c'était une première !

Mercy termina la première chambre, déposa le linge sale dans son chariot et passa à la pièce suivante.

Elle effectuait ses tâches par habitude désormais, si bien qu'elle y entra avant de remarquer qu'il y avait des valises, mais heureuse de constater que personne n'était là. Elle fronça les sourcils, ne s'étant pas rendu compte que certains convives étaient déjà arrivés. Elle aurait dû s'assurer que personne n'était dans la chambre avant d'entrer. Elle changea les draps et plaça des serviettes propres dans la salle de bains.

Elle frappa à la porte de la troisième chambre. Comme il n'y eut pas de réponse, elle poussa la porte et trouva cette pièce également utilisée, bien que vide pour l'instant. Elle répéta rapidement ses actions, sentant qu'elle courait contre la montre sans savoir pourquoi.

À la quatrième et dernière chambre, elle toqua à la porte. En l'absence de réponse, elle l'ouvrit et entra. Quelqu'un dormait profondément. Elle retint son souffle en apercevant une figure bien connue – un homme politique qui prenait sa retraite et dont le poste serait bientôt vacant.

— Oh, je suis vraiment désolée !

Son esprit s'emballa alors qu'elle reculait hors de la pièce. Le propriétaire devait avoir des ambitions politiques. Ou bien cet homme, qui ronflait doucement dans son sommeil, était seulement un bon ami. Après avoir refermé doucement la porte, elle se retourna et vit Martha. Mercy fit un geste vers la chambre et dit :

— L'invité dort encore.

Le froncement de sourcils de Martha s'accentua lorsqu'elle jeta un coup d'œil dans la pièce.

— Tu n'aurais pas dû ouvrir la porte.

Mercy resta bouche bée.

— J'ignorais qu'il y avait quelqu'un. J'ai frappé, mais personne n'a répondu, donc j'ai cru que la chambre serait vide, comme les autres.

Martha s'éloigna rapidement.

— Je m'occuperai de celle-là plus tard. Prends ton linge et commence la lessive.

Soulagée, Mercy poussa son chariot dans le couloir jusqu'à l'ascenseur. Elle n'était pas sûre de ce qui venait de se passer, mais Martha semblait différente. Maintenant, celle-ci était nerveuse, agitée. Était-ce parce qu'elle avait pénétré dans la chambre où l'homme dormait ? Elle espérait que non. Si elle n'était pas censée changer les draps, on aurait dû la prévenir avant.

De retour dans la buanderie, elle lança une nouvelle machine. Elle jeta un coup d'œil autour d'elle et trouva deux chariots pleins de linge sec à plier. Elle resterait dans la buanderie pour la prochaine heure au moins.

Son esprit revenait sans cesse à la scène dans la chambre. L'homme était allongé sur le ventre, la couverture jusqu'à la taille. Sa tête était tournée sur le côté, et ses bras étaient sous les oreillers. Elle ne comprenait pas pourquoi il dormait à cette heure-ci, toutefois, s'il était resté debout toute la nuit, cela était cohérent. Il n'y avait rien de suspect là-dedans, bien qu'elle soit désolée de l'avoir dérangé. Elle détestait l'idée que quelqu'un qui était fatigué soit privé de sommeil parce qu'on lui avait demandé de changer les draps.

Quand elle eut terminé de plier le linge, la machine à laver était prête à être vidée. Elle s'en occupa et rangea le reste de la pièce. Il fallait encore vingt minutes avant que le linge ne soit sec. Elle s'approcha de l'évier pour le nettoyer, mais découvrit un drap ensanglanté en train de tremper. La tache avait été partiellement dissoute, ce qui avait teinté l'eau en rose.

Fronçant les sourcils, elle enfila des gants en plastique, se rendant compte que du détergent et de l'eau de Javel avaient été ajoutés à l'eau de trempage. Seules Martha et elle utilisaient cette pièce, et elle doutait que Martha ait laissé ses draps personnels dans l'évier. Pas plus qu'elle ne pouvait imaginer que les invités fassent leur propre lessive.

Elle agita doucement le drap, puis le sortit suffisamment pour voir la taille de la trace de sang, prête à y appliquer du détachant. Cependant, ce n'était pas une petite tache du tout. Elle était énorme. Environ cinquante centimètres sur un mètre au centre du tissu. Quand elle comprit à quel point elle était grande, elle remit rapidement le drap dans l'eau, retira ses gants et quitta la buanderie en vitesse. Avec un peu de chance, personne ne remarquerait ce dont elle avait été témoin, surtout avec les failles de sécurité toujours pas résolues. Perturbée, elle ne savait pas quoi faire.

Elle traversa la cuisine, prit une tasse de café et se rendit sur la terrasse. Elle sortit le muffin de sa poche et, bien qu'il ait l'air un peu défraîchi, elle le déballa et, assise à la table, le mangea aussi lentement que possible.

Son esprit ne cessait de revenir à la grande tache de sang. Elle voulait envoyer un message à Michael à ce sujet. Cependant, elle ne savait pas où il était et se demanda si elle devait risquer de mettre quelque chose comme ça par écrit.

— Mercy ?

Surprise, elle pivota et vit Martha dans l'embrasure de la porte.

— Je suis venue prendre un café et un morceau à manger.

Le regard de Martha passa du café au muffin, puis retourna à Mercy, et son froncement de sourcils s'accentua.

Le cœur serré, Mercy comprit que Martha était au courant pour le drap qui trempait dans l'évier. Même si c'était elle qui l'avait envoyée là-bas, elle n'avait peut-être pas songé à ce qu'elle aurait pu voir.

— Tu as lancé la lessive ?

Mercy hocha la tête.

— Oui. Et j'ai plié les deux paniers de linge. J'ai remarqué que le sèche-linge en avait pour vingt minutes, alors je suis venue ici prendre un café et une bouchée. Je retournerai chercher le linge dès que j'aurai fini.

Le regard de Martha était scrutateur, mais elle opina du chef.

— Ce serait bien. Rappelle-toi que tu ne devrais pas voir certaines choses ici.

Sur cette note cryptique, Martha s'en alla.

Plus Mercy réfléchissait à l'homme endormi et au drap ensanglanté, plus elle s'inquiétait.

Elle termina son muffin et son café, se leva, nettoya sa place et retourna à la buanderie. Dès qu'elle entra, elle sut que le drap avait disparu.

L'odeur de Javel était omniprésente. L'autre machine à laver tournait, et le sèche-linge s'était arrêté. Elle n'osa pas vérifier si la machine contenait le drap ensanglanté.

Elle devinait que l'évier avait sûrement été parfaitement nettoyé. Si les caméras de surveillance fonctionnaient dans cet endroit, elles avaient filmé le moment où elle avait examiné le tissu plus tôt.

Elle sortit du sèche-linge les draps qu'elle avait enlevés plus tôt et les plia rapidement. Une fois qu'elle eut tout empilé pour que Martha les range, Mercy s'arrêta un moment, se frotta le visage et se demanda combien de temps elle arriverait à tenir à ce rythme. Elle devait se rappeler qu'elle avait promis à Michael de ne rester que la journée.

Le lendemain matin, elle partirait à coup sûr. Le problème, c'était que les choses devenaient intéressantes. Et bien plus dangereuses.

ROBERT RÔDAIT DEPUIS des heures. Le voyage jusqu'au composteur avait été retardé, car Michael avait trouvé plusieurs autres rosiers à tailler. Celui-ci n'arrivait toujours pas à comprendre pourquoi il avait un garde du corps avec lui. Cependant, cela le rendait très méfiant vis-à-vis de chaque mouvement sur le domaine.

Il se rendit à l'abri de jardin, rangea tous ses outils et retourna à la remorque. Il vida le reste de sa cargaison de branches, remit la brouette à sa place et se dirigea vers un des utilitaires utilisés dans la propriété. Il prit les clés, monta à bord et recula jusqu'à la remorque. Il l'attela rapidement, sachant que Robert se tenait à proximité et l'observait pour voir comment il s'en sortait. Il faudrait bien plus qu'une longue journée morne avant qu'il n'échoue à une tâche aussi simple. Michael conduisait des véhicules avec remorque depuis plus de dix ans maintenant. Il connecta rapidement les feux arrière de la remorque, fit le tour jusqu'au côté conducteur et remonta dans la camionnette.

Aux grilles, à moitié en plaisantant, Michael dit :

— Assurez-vous de ne pas fermer derrière moi. Je veux pouvoir rentrer.

L'homme leva la tête, mais ne dit rien.

Faisant semblant, Michael fit un signe amical de la main et s'engagea dans l'allée menant au portail principal. En passant, il aperçut Mercy debout devant les grandes fenêtres. Une fois de plus, elle était en train de nettoyer. Il jeta un coup d'œil à Robert assis à côté de lui et le questionna :

— Pourquoi es-tu avec moi ?

Robert haussa les épaules.

— Ce sont les ordres.

Michael hocha la tête en silence. Il se demandait exactement en quoi consistait cet ordre. Était-ce pour le surveiller et s'assurer qu'il ne déviait pas ? Cela serait facile à faire. Du moins en apparence. Toutefois, il avait une enquête en cours.

— Le trajet prendra environ quinze minutes si le trafic est fluide.

Robert ne prononça pas un mot.

Michael tapota ses doigts sur le volant, puis joua avec la radio.

— Ça ne te dérange pas la musique, hein ?

L'habitacle se remplit d'une mélodie country.

Robert le regarda et grogna.

Michael lui adressa un grand sourire.

— J'adore les cow-boys.

Robert secoua la tête et fixa la vitre des yeux.

Arrivé au site de déchargement, Michael recula rapidement jusqu'au tas désigné, prit ses gants sur le tableau de bord et sortit. Avant de fermer la portière, il fit un geste vers une deuxième paire de gants.

— Si tu veux finir plus vite, n'hésite pas à prendre les gants et à me filer un coup de main.

Robert émit un reniflement.

Michael éclata de rire.

— Ouais, je m'en doutais.

Il ferma la portière du van en sifflotant, sauta dans la remorque et commença à jeter les branches de rosiers coupées. En voyant la vitre arrière ouverte et en calculant la position de Robert, Michael choisit instinctivement un endroit pour travailler où il ne serait pas une cible facile. En plus de son hypervigilance constante, il n'arrivait pas à se débarrasser de l'idée que Robert comptait bien ramener la camionnette et la remorque tout seul – sans lui.

Dès qu'il eut terminé, il sortit un balai de l'utilitaire et balaya la remorque. Comme Michael et Mercy l'avaient déjà découvert, cet endroit avait une obsession pour la propreté.

Il surveillait constamment pour voir si Robert faisait un mouvement quelconque. Tout ce temps, il avait paru dormir. Intrigué, Michael ouvrit la portière, remonta dans le véhicule et démarra le moteur.

— Tu as fait une petite sieste réparatrice ?

Robert hocha la tête.

— Il faut que je me repose quelques minutes dès que j'en ai l'occasion.

Michael garda cette information en tête pour plus tard. Est-ce que tous les hommes de la sécurité manquaient de sommeil ? Et il pensait que cela n'allait pas s'arranger de sitôt. Ce fut la seule chose que Robert dit durant le trajet de retour jusqu'au domaine.

Dans l'enceinte, Michael gara la remorque à sa place habituelle. Il considéra Robert et le railla :

— La garde est finie ?

Robert lui lança un regard.

— Qu'est-ce que tu vas faire maintenant ?

Michael l'observa longuement, puis scruta autour de lui, se demandant ce qu'il avait fait pour mériter un garde du corps toute la journée.

— Je vais probablement désherber la cour arrière.

Il jeta un coup d'œil au ciel en descendant du van.

— La chaleur écrasante de la journée est passée, et il semble qu'il va pleuvoir ce soir, donc c'est le bon moment pour procéder à un peu de désherbage.

— Si tu le dis.

Michael éclata de rire.

— C'est une super façon de s'occuper l'après-midi.

Peu importe ses tâches, Robert restait là. Sans parler, sans aider, mais toujours présent.

À cause de la proximité de Robert, Michael ne pouvait pas étudier les plans, ni observer les autres activités, ni se rendre au garage, ni rien faire d'autre. À plusieurs reprises, lorsqu'il essayait de rentrer, Robert l'arrêtait. Le message était clair : rester dans les jardins, ne pas retourner à la maison ni aux garages.

Finalement, il consulta rapidement sa montre.

— Seize heures.

Robert ricana.

— Quoi ? Tu crois que tu es payé à l'heure ? Que tu as des horaires fixes ?

Michael posa les mains sur ses hanches.

— Ouais, absolument. J'ai commencé à sept heures et demie. Je vais encore travailler un peu, mais je compte arrêter bientôt.

Robert le scruta de haut en bas pendant un long moment, puis hocha la tête.

— Quels sont tes projets après ça ?

Michael haussa les épaules.

— Pas de projets précis. Peut-être trouver quelqu'un pour dîner avec moi – ou pas.

— Tu utilises l'une de ces nouvelles applis de rencontres ?

— Pas vraiment.

— Peut-être que tu devrais. Il y a des femmes à la pelle là-dessus.

Robert tapota son téléphone dans sa poche.

— Je peux en rencontrer une dizaine n'importe quand.

— Je n'ai pas encore essayé les applis.

Robert raccompagna Michael jusqu'à la porte de son appartement.

— Ce serait une bonne soirée pour sortir et rester dehors un moment.

Il lui lança un coup d'œil appuyé et insista :

— Tu comprends ce que je veux dire ?

— Parfaitement. Tu vois un inconvénient à ce que j'invite la femme de ménage ?

Le regard de Robert se porta sur les quartiers des domestiques, puis revint à Michael.

— Non, ça pourrait être une bonne idée. Le couvre-feu est toujours à vingt-deux heures, sinon tu ne pourras pas rentrer avant demain matin.

Là-dessus, il s'éloigna. Cependant, il ne partit pas loin. Il alla seulement jusqu'aux véhicules, où il se positionna pour vérifier si Michael entrait dans son appartement ou non.

Plutôt que de continuer à travailler, ce dernier sortit les clés de sa poche, déverrouilla sa porte et entra. Il boucla soigneusement la porte derrière lui. Silencieusement, il inspecta son appartement pour contrôler si quelqu'un y était entré. Autant qu'il pouvait en juger, ce n'était pas le cas.

Il se prépara un café, son esprit tournant à plein régime. Il pensait sortir pendant quelques heures et revenir avant vingt-deux heures. Toutefois, il n'aimait pas la manière dont ils avaient renforcé la sécurité. Quelque chose allait se passer ce soir. Il devait être là pour découvrir de quoi il s'agissait. En même temps, il voulait que Mercy soit loin. Il lui envoya rapidement un message.

Dîner ?

Si elle travaillait encore, oserait-elle répondre à son téléphone ? La réponse arriva quelques minutes plus tard.

Bien sûr. J'ai fini pour la journée. On m'a dit d'aller dans ma chambre de bonne heure. Je vais prendre une douche.

Envoie-moi un message quand tu sors.

Pas de souci.

Il sourit. Il espérait qu'elle se changerait et ferait ses bagages en même temps. Parce que, une fois qu'ils seraient dehors, il ne la laisserait certainement pas revenir.

En attendant, il se dirigea vers la chambre. Dans le grand placard double, du côté droit, il y avait une trappe pour accéder au grenier. Des planches clouées contre le mur servaient d'échelle.

Parfait.

Il souleva le petit carré de bois, monta et jeta un coup d'œil. Le grenier était vide et n'avait pas de plancher solide. Cependant, en marchant sur les chevrons, il avança de quelques mètres et sourit.

Exactement ce qu'il espérait. Une deuxième trappe.

Simplement par acquit de conscience, il la retira silencieusement et regarda furtivement en contrebas. Un placard sombre. Il y descendit et en ouvrit doucement la porte pour examiner la pièce. Elle semblait vide, et le lit n'était pas préparé pour recevoir des invités. Prenant un risque, il fit un rapide tour du studio pour s'assurer que personne n'était là, puis retourna dans le placard. La remontée fut plus difficile, mais il y parvint.

De retour dans son appartement, il attendit que Mercy lui envoie un message pour signaler qu'elle était prête. Toutefois, dans sa tête, il élaborait déjà des plans…

Chapitre 11

APRÈS ÊTRE SORTIE de la douche, Mercy s'habilla rapidement. Elle n'avait pas beaucoup de vêtements de rechange, mais elle enfila un jean propre et un t-shirt. Sa journée avait été décente, bien qu'ardue. Elle avait conscience que Michael s'opposerait à l'idée qu'elle reste une nuit de plus. Cependant, elle en avait envie. Et une fois qu'elle lui aurait raconté l'histoire du drap ensanglanté et du client dormant en pleine journée, il comprendrait aussi. Ces événements étaient inquiétants, et ils pourraient découvrir d'autres indices quant aux décès de Sammy et d'Anna.

En songeant à cela, elle envoya un message au détective, comme promis. Puis elle tourna son attention vers ses effets personnels. Non qu'elle en ait beaucoup…

Délibérément, elle laissa ses dernières affaires rangées dans son sac posé sur le lit. Prête à partir en cas d'urgence. Elle ne voulait pas que quelqu'un la voie sortir avec le sac, au cas où on la surveillerait. Cependant, elle n'aimait pas non plus trimballer toutes ses affaires. Avec un peu de chance, elle serait de retour le soir sans problème.

Elle verrouilla sa porte derrière elle, descendit et sortit. Il était environ dix-huit heures. Elle traversa la propriété jusqu'à l'appartement de Michael et frappa à la porte. Pas de réponse. Elle fronça les sourcils. Elle avait dit qu'elle serait là dans quelques minutes. Elle ne pouvait pas imaginer qu'il soit parti entre-temps. Elle recula et regarda vers sa fenêtre, puis toqua une seconde fois. Toujours aucune réponse.

Un des agents de sécurité apparut au coin. Il s'arrêta en la voyant et fronça les sourcils.

Elle demanda rapidement :

— Est-ce que Michael est dans les parages ?

Il haussa les épaules.

— La dernière fois que je l'ai vu, il était près des véhicules.

Elle se réjouit.

— D'accord.

Elle passa rapidement devant lui, se dirigeant vers l'allée et le garage. Elle ne vit pas Michael à l'avant ni son pick-up à proximité. Elle sortit son téléphone de son sac et lui envoya un SMS.

Où es-tu ?

Aucune réponse. Troublée, elle pivota lentement sur elle-même, cherchant des yeux. Il devait bien être quelque part. Il ne serait pas parti sans elle.

Ressentant de nouveau cette horrible sensation de malaise, elle se retourna pour trouver un autre agent de sécurité.

— Je cherche Michael.

Il hocha la tête et sourit.

— Il a dit qu'il t'inviterait à dîner ce soir.

Elle sourit.

— Oui, il m'a invitée, mais je ne le trouve pas.

— Il a travaillé ici toute la journée, il ne doit pas être loin.

Elle jeta un coup d'œil à l'appartement de Michael.

— J'ai frappé, mais il n'y est pas.

L'homme recula de quelques pas, les mains sur les hanches.

Elle fronça les sourcils et s'éloigna.

— Je vais réessayer. Il est probablement sous la douche.

En se retournant, elle confirma que personne ne la regardait cette fois. Elle courut jusqu'à son studio. Elle frappa fort à la porte. Toujours aucune réponse, donc elle tenta la poignée et poussa. Ce n'était pas verrouillé. Elle monta en courant à l'étage et frappa à une autre porte. Comme elle n'obtenait toujours pas de réponse, elle appuya sur la poignée, mais la porte était verrouillée. Par conséquent, soit il était enfermé à l'intérieur, soit quelqu'un l'avait surpris et… Elle marmonna sous son souffle :

— Merde !

Elle sortit son téléphone et l'appela. Cela sonna encore et encore.

De plus en plus inquiète, elle redescendit lentement, réfléchissant à ses options. Dix minutes s'étaient écoulées. Il avait probablement été envoyé quelque part ou avait saisi une occasion d'apprendre quelque chose. Toutefois, elle ne pouvait s'empêcher d'imaginer le pire, elle avait la sensation que quelque chose lui était arrivé. Elle ne voulait pas s'engager sur cette voie-là. C'était déjà assez difficile comme ça. La dernière chose qu'elle souhaitait, c'était d'être constamment angoissée à l'idée de savoir où il se trouvait. D'un autre côté, il avait dit que c'était ce qu'il éprouvait à propos d'elle.

Elle s'assit sur les escaliers entre les deux portes et attendit. Après quelques minutes, elle reprit son téléphone et appela de nouveau. Toujours pas de réponse. Alors qu'elle raccrochait, un message arriva. C'était Michael. Soulagée, elle lut sa question :

Où es-tu ?

Devant ton appartement.

J'arrive dans deux minutes.

Elle resta sur place, espérant qu'il disait vrai. Lorsque la porte du bas s'ouvrit, elle se leva d'un bond et courut à sa rencontre. Elle comprit à quel point elle avait été nerveuse quand elle le serra dans ses bras.

— J'étais tellement inquiète pour toi. Je t'ai envoyé plusieurs SMS, je t'ai appelé plusieurs fois, et personne ne semblait être au courant de quoi que ce soit.

— J'avais une dernière chose à faire. Ça a pris un peu plus de temps que prévu.

Elle hocha la tête.

— Je pensais que, quand tu m'avais proposé d'aller dîner, tu avais fini ta journée.

Il haussa les épaules.

— C'était le cas, mais je dois obéir aux ordres.

Elle jeta un regard anxieux autour d'eux et demanda :

— Est-ce que nous pouvons partir maintenant ?

Il passa un bras autour de ses épaules, puis la guida sur le côté du bâtiment.

— Nous prendrons mon pick-up pour aller en ville.

Ils croisèrent plusieurs agents de sécurité. Elle leur lança joyeusement :

— Je l'ai trouvé !

Personne ne répondit ; ils se contentèrent de les regarder passer. Michael l'aida à monter côté passager dans son véhicule, contourna ce dernier et s'installa au volant. Il démarra le moteur et, en silence, ils franchirent les grilles.

Elle commença à parler, mais il leva un doigt sur ses lèvres, comme pour la faire taire. Il appuya sur un bouton d'une petite télécommande dans sa poche et balaya rapidement l'habitacle avec son bras. Lorsqu'il n'y eut aucun bruit, elle demanda :

— Qu'est-ce que tu fais ?

— Je vérifie s'il y a des micros dans le véhicule.

Il éteignit l'appareil, le posa à côté de lui et annonça :

— R.A.S.

Elle se laissa retomber dans son siège.

— Je n'arrive pas à croire que tu penses à ça tout le temps. Comment tu as pu faire ça durant toute ta carrière ?

— C'était le cas auparavant. J'ai arrêté maintenant. Sauf dans ce cas particulier.

Elle le considéra.

— Je suis sûre qu'il y a plus que ça dans l'histoire.

Il secoua la tête.

— Pas vraiment. J'ai passé plusieurs années dans la marine américaine. Après une blessure, j'en suis sorti et je n'y suis pas retourné. L'année dernière, j'ai travaillé dans un ranch et effectué des tâches physiques loin de tout le monde.

— Je vois. Je comprends.

— Je suis seulement de retour à cause de la disparition de Sammy.

— Tu veux dire, son meurtre, le corrigea-t-elle doucement. Je comprends tes motivations, mais c'est la première fois que je me retrouve dans une telle situation.

Il s'engagea sur la route principale en direction de la ville.

Elle se détendit, ouvrit légèrement la vitre et s'enquit de lui :

— Comment s'est déroulée ta journée ?

Ça sonnait comme une question anodine, comme au sein d'un vieux couple. Toutefois, dans le contexte présent, elle avait envie de savoir s'il avait appris quelque chose.

— Chargée. On m'a affecté un garde du corps, et il est resté avec moi toute la journée.

— Vraiment ? s'exclama-t-elle. Pourquoi ? Est-ce qu'ils savent ce que tu fais ?

Il secoua la tête.

— Je ne crois pas, mais j'imagine qu'il se passe quelque chose qu'ils ne voulaient pas que je voie par mégarde. Chaque fois que j'ai voulu aller dans le garage aujourd'hui, on m'a arrêté. Quand je me suis dirigé vers le fond, derrière une certaine section du jardin, on m'a également arrêté.

— Ça paraît très suspect.

Il haussa les épaules.

— Qui sait ? Peut-être qu'ils testent une nouvelle formule de vin à partir des vignes du domaine et qu'ils ne veulent pas que quelqu'un découvre leur recette secrète, plaisanta-t-il en souriant légèrement dans sa direction. Ou peut-être qu'ils cachent des corps et ne veulent pas que quelqu'un les voie.

Elle frissonna.

— Ce n'est pas drôle.

Il devint sérieux.

— Désolé, j'ai toujours utilisé l'humour pour affronter les moments sombres de ma vie.

— Et tu as bien raison, répondit-elle doucement. C'est difficile pour moi de me rappeler que ma sœur faisait partie de ces corps.

Cela mit un terme à la conversation jusqu'à ce qu'ils arrivent en ville.

— Où allons-nous ? demanda-t-elle.

— Dans un petit restaurant italien sympa juste à l'angle.

Elle hocha la tête.

— Ça a l'air charmant. Il y a quelque chose que je dois t'avouer. J'ai un peu peur. Peut-être que je te le dirai à l'intérieur.

Il opina du chef.

— Très bien.

Il se gara dans un parking, descendit du véhicule, enleva sa veste qu'il posa sur le siège, puis ouvrit la portière passager pour elle. Ensemble, ils entrèrent dans le restaurant et obtinrent une table sous une belle lampe en vitrail, au fond.

Une fois qu'ils furent installés, elle le regarda examiner les autres clients avant de se pencher vers elle.

— Qu'est-ce que tu as vu ?

La serveuse arriva à ce moment-là. Ils commandèrent un café pendant qu'elle leur apportait les menus. Une fois celle-ci repartie, Mercy s'inclina en avant.

— J'étais à la buanderie aujourd'hui après avoir changé les draps. Oh ! ça me rappelle…

Elle s'arrêta un instant et secoua la tête.

— Il y a deux choses en réalité. D'abord, on m'a demandé de changer la literie des quatre chambres d'amis. J'en ai fait trois, et j'ai remarqué qu'il y avait des affaires dans deux d'entre elles. Il y a donc des invités au domaine, et je n'étais pas au courant. À la quatrième porte, j'ai frappé, et, comme personne n'a répondu, je suis entrée. Un homme dormait sur le ventre, la tête tournée sur le côté, et les draps descendus à sa taille. Je pense que c'est un homme politique local. J'ai reculé hors de la chambre et suis tombée sur Martha, qui était vraiment furieuse que je sois entrée.

— Ce n'est pas surprenant. On ne veut pas déranger les invités, n'est-ce pas ? lança-t-il d'un ton sarcastique.

Elle acquiesça.

— Ensuite, je suis allée à la buanderie avec tous les draps que j'avais retirés, j'ai lancé une machine et plié le reste. Après avoir tout rangé, je suis allée à l'évier et je l'ai trouvé rempli d'eau ensanglantée.

Là, il était vraiment intéressé. Elle jeta un coup d'œil autour d'eux pour s'assurer que personne ne pouvait entendre et ajouta :

— Un drap trempait dedans avec une énorme tache de sang au milieu, d'au moins cinquante centimètres sur un mètre. Cependant, l'eau sentait fortement la Javel et plusieurs autres produits de détachage. Donc, j'imagine que, peu importe ce que c'était, ça a été complètement dégradé avant une éventuelle analyse médico-légale, supposa-t-elle. Je suis partie peu de temps après et suis allée prendre un café. Martha est entrée dans la cuisine. Elle avait l'air en colère à cause du fait que j'étais allée dans la buanderie, mais elle est restée calme. Quand je suis retournée retirer le linge de la machine à laver et du sèche-linge, l'évier était complètement vide, mais l'odeur de Javel était forte.

Elle se pencha plus près.

— Et elle m'a avertie que je ne devais pas m'occuper de ce qui ne me regarde pas.

Il se recula et la regarda fixement. D'une voix basse, il déclara :

— Peut-être que ma blague sur les cadavres n'était pas si loin de la réalité.

Elle hocha la tête en prenant une gorgée de son café. En reposant la tasse, elle renchérit :

— C'est à ça que je pensais quand tu en as parlé.

— L'homme que tu as vu dormir, il était vivant ou mort ?

Elle grimaça.

— Je l'ai entendu et il a bougé légèrement, donc je suppose qu'il était vivant. Il n'y avait aucune trace de sang.

Il opina du chef.

— C'est suffisant.

Elle se mordit la lèvre en le considérant.

— Mais maintenant, je n'arrive plus à chasser cette idée de ma tête.

— Désolé. Il fallait que je pose la question.

— Merde ! grogna-t-elle en balayant le restaurant des yeux. Je n'ai même pas eu le temps de vérifier. Je suis entrée, prête à changer les draps, je l'ai vu, et je suis vite sortie.

— Et en ce qui concerne les occupants des autres chambres ?

Elle haussa les épaules.

— Les lits étaient défaits, comme si quelqu'un venait juste de se lever. Dans l'une d'elles, il y avait une valise sur le lit, comme si quelqu'un y avait pris des vêtements.

— Et tous ces invités étaient des hommes ?

— Je n'ai pas vu grand-chose. Toutefois, le sac dans l'une des chambres avait l'air masculin. Les vêtements étaient aussi des habits d'homme.

— Eh bien, ne t'inquiète pas pour l'instant. Je n'ai vu aucune voiture, même si la sécurité a été renforcée, donc je ne sais pas, mais peut-être que certaines des personnes qui séjournent dans la maison font partie de son équipe de sécurité.

Son visage s'éclaira.

— Ça aurait du sens, non ?

— Seulement s'il y a quelque chose de spécial de prévu, ou s'il est particulièrement anxieux à propos de quelque chose.

Elle opina du chef.

Puis la serveuse revint et demanda s'ils étaient prêts à commander.

Ils se regardèrent, jetèrent un coup d'œil aux menus qu'ils n'avaient même pas encore ouverts et secouèrent la tête. Comme la serveuse partait pour leur accorder encore quelques minutes, Mercy ouvrit la carte et vit le plat du jour.

— Le plat du jour semble appétissant, déclara Michael.

Elle acquiesça, referma son menu et renchérit :

— Prenons-en deux. Je ne peux pas dire que ça m'importe en ce moment.

APRÈS QUE LA serveuse eut pris leurs commandes et fut repartie, elle revint avec un panier de pain de campagne chaud et du beurre. Il observa les yeux de Mercy qui s'illuminaient. Il poussa la corbeille vers elle et dit :

— Goûte-le. Je suis déjà venu ici et j'adore ce pain.

En disant cela, il en attrapa deux morceaux qu'il déposa sur son assiette. Elle l'imita rapidement.

— La nourriture s'est-elle améliorée au domaine ?

Elle opina du chef sans prendre la peine de parler la bouche pleine. Après avoir avalé, elle répondit :

— Aujourd'hui, c'était bien mieux. En plus, j'ai eu quelques muffins pour mes pauses.

— Bien. J'avais peur que tu n'aies pas de nourriture correcte aujourd'hui.

Elle secoua la tête.

— Pour une raison quelconque, ils ont décidé de bien me nourrir.

Il ricana.

— On pense forcément à la Cène.

Elle lui lança un coup d'œil avant de piquer un autre morceau de pain. Comment arriverait-il à la convaincre de ne pas retourner au domaine ce soir-là et de ne jamais y revenir ? Il voulait l'explorer sans avoir à s'inquiéter pour elle.

Il tourna la tête en entendant la porte d'entrée s'ouvrir,

puis pivota de nouveau vers elle. D'une voix basse, il dit :

— Ne regarde pas maintenant.

Elle se figea, son regard fixé sur son visage.

— Pourquoi ?

Il balaya furtivement la pièce des yeux tandis que des hommes de la sécurité qu'il avait vus au domaine passaient.

— Deux gars de la propriété viennent d'entrer.

Elle inclina la tête sur le côté comme si elle réfléchissait.

— Ils viennent peut-être simplement dîner ? se hasarda-t-elle.

Il branla le chef.

— J'en doute fortement. La sécurité a été drôlement stricte toute la journée.

Il se cala dans sa chaise et lui sourit, appréciant la façon dont elle se léchait les lèvres, comme un chat après avoir eu une friandise spéciale. Elle essuya un petit bout de beurre au coin de sa bouche.

— Peut-être qu'ils sont toujours après moi. Peut-être qu'ils ont décrété qu'ils ne pouvaient rien voir depuis le parking et qu'ils feraient mieux de venir dans le restaurant en personne.

Elle fronça les sourcils, tendit la main et tapota la sienne.

— Ça va. Je te protégerai, le railla-t-elle d'une voix enjouée.

Il lâcha un demi-rire.

— Vraiment ?

Elle lui lança un regard innocent de ses yeux bleus et haussa les épaules.

— Non, désolée. Je suis plutôt inutile quand il s'agit de se défendre.

La serveuse revint avec des assiettes bien garnies et les laissa rapidement seuls. Les yeux de Mercy s'illuminèrent en voyant son dîner.

Il était content de l'avoir amenée ici. Après quelques jours au domaine où elle n'avait pas eu assez à manger et avait travaillé si dur, son corps était constamment affamé.

— Peut-être qu'ils s'inquiètent pour toi.

Elle attrapa le moulin à poivre et se mit à assaisonner son assiette. Michael observa la serveuse qui parlait aux hommes de la sécurité. Elle prit leurs commandes et disparut dans la cuisine.

— Eh bien, ils restent pour manger, murmura-t-il. Tout pour rendre leur couverture plus crédible.

— Ça doit être assez irritant d'avoir eu l'un d'eux sur ton dos toute la journée, mais il pourrait s'agir d'une sortie innocente.

Il leva la tête et lui jeta un regard dur.

— Tu le crois vraiment ?

Aussitôt, l'expression joyeuse de son visage s'effondra. Après un moment, elle secoua la tête.

— Non, évidemment que non. J'appréciais le fantasme du moment.

Il se sentit comme un idiot.

— Et je suis désolé d'avoir gâché ça. Je ne veux pas que tu te mettes à croire qu'ils sont gentils.

— Je ne peux pas non plus me mettre à croire qu'ils sont tous méchants. Ils ne peuvent pas être tous coupables. Pour autant que je sache, il n'y a qu'un seul traître parmi eux.

Il ne prit pas la peine de répondre. Comment aurait-il pu ? Elle ne connaissait pas Sammy comme lui. Il n'y avait aucune chance qu'un seul gars parvienne à s'approcher de lui par-derrière pour l'éliminer. Pas comme ça. À sa connais-sance, sa sœur avait peut-être été impliquée dans tout cela, puis fusillée en tant que traîtresse. Cependant, ce n'était sûrement ni le moment ni l'endroit pour questionner la culpabilité de cette dernière.

Brusquement, il dit :

— Ne retourne pas là-bas.

Chapitre 12

MERCY APPRÉCIA LE fait que la conversation passe du travail à quelque chose de totalement différent. Elle aimait vraiment Michael. Sa présence à ses côtés pour la protéger, pour trouver des réponses pour son ami, le rendait encore plus attachant à ses yeux. Le fait qu'il ait exercé ce métier et qu'il soit prêt à reprendre ce rôle pour un ami était encore mieux. Elle aimait les hommes qui ne toléraient aucun refus quand il s'agissait d'aider un proche.

Sa dernière relation remontait à longtemps. La rupture avait été douloureuse, et elle n'était pas prête à retourner dans l'arène. Il y avait beaucoup d'applications de rencontres maintenant, mais cela ne l'intéressait pas, et elle les avait toutes supprimées de son téléphone. Même si ses amies lui demandaient constamment des nouvelles de son dernier rendez-vous, elle était heureuse de simplement secouer la tête et de dire : « Certainement pas. »

Aucune d'elles ne savait où elle se trouvait en ce moment. Si elles pensaient qu'elle était en train de dîner avec Michael, elles se précipiteraient pour lui demander sur quelle application elle l'avait trouvé. Mais la vérité, c'est que ce n'était pas du virtuel, c'était la vraie vie. Elle n'était pas fan de cette nouvelle tendance en matière de rencontres. En même temps, elle savait à quel point il était difficile de rencontrer des gens localement. Pourtant, elle avait croisé

Michael par accident. Alors, si elle voulait s'abandonner à une petite fantaisie à cet instant, imaginer que c'était un rendez-vous, seulement eux deux dans un monde petit, sûr et sécurisé, où était le mal ? La présence de deux gardes du domaine dans le même restaurant ne devait pas être totalement mauvaise non plus. Si elle n'avait jamais entendu parler des meurtres de sa sœur et de Sammy, elle se demanderait si ces deux hommes étaient des meilleurs amis, ou peut-être un couple gay, et que c'était leur seule chance de sortir.

Immédiatement, son esprit s'empara de tous ces scénarios et en imagina une demi-douzaine d'autres. Peut-être qu'ils se rencontraient parce qu'ils envisageaient d'ouvrir leur propre pâtisserie. Elle se sentait sourire bêtement. Et pourtant, ça faisait tellement de bien d'ajouter un peu d'humour au moment. Il y avait eu tellement de tension, de conflits et de travail acharné ces derniers jours. Cela faisait du bien de rire de quelque chose.

— Pourquoi ce sourire ?

Elle n'était pas sûre de devoir partager ses délires, mais haussa les épaules et expliqua.

Les yeux de Michael s'agrandirent.

— Gay ? Pâtisserie ? Quoi, comme une boucherie ?

Elle éclata de rire, charmée qu'il ne se moque pas de ses fantasmes.

— Ça, c'est typiquement macho, dit-elle. Vous, les mecs, vous avez les yeux plus gros que le ventre.

Il désigna son assiette.

— Hé, c'est faux. Regarde ce que je mange en ce moment.

Elle opina du chef.

— Probablement la seule fois en au moins deux semaines où tu manges des fruits de mer et des pâtes. J'ai raison ?

Il rigola.

— Dans le cas présent, tu as raison, et c'est seulement parce que mes repas ici ont été quelque peu limités. Souvent, le soir, je me contentais de sandwichs dans mon appartement.

— Je me demandais pourquoi tu ne venais pas manger avec nous dans le manoir.

— C'est mon choix, avoua-t-il. Bien que je pense qu'ils ne veulent pas de moi à l'intérieur. Je ne vois pas non plus les gardes prendre leurs repas dans la maison.

Elle secoua la tête.

— Je n'ai pas vu non plus les gardes manger à l'intérieur.

— Tu ne vois pas beaucoup d'hommes dans la maison. Que se passe-t-il vraiment là-bas ?

— C'est l'autre chose que je devais te dire.

Elle balaya la pièce des yeux pour s'assurer qu'on ne pouvait pas l'entendre.

— Aujourd'hui, j'ai aidé à associer des factures dans des classeurs, et, au dos de l'une d'elles, j'ai repéré plusieurs numéros, relata-t-elle avant de réciter les chiffres qu'elle avait mémorisés. J'avais tellement peur qu'il me surprenne.

— Il t'a surprise ? demanda Michael brusquement. Parce que si c'est le cas, tu pars de là ce soir.

Le souvenir du regard de M. Freeman lui donna de nouveau des frissons.

— Il m'observait d'une manière étrange. Mais il fait souvent ça.

Elle grimaça.

— J'ai toujours l'impression d'être surveillée.

— Et je veux vraiment que tu sortes de là.

Il avait son téléphone.

— J'envoie ces numéros de téléphone au détective et à

Levi. Ils devraient être en mesure de découvrir à qui ils appartiennent. C'est une bonne piste, mais ce manoir est sacrément dangereux.

Elle secoua la tête et sourit.

— Non. Ça va. Il est toujours comme ça. Cependant, après l'avoir aidé, j'étais évidemment en retard dans mon ménage…

Elle leva les yeux au ciel.

— Et c'est à ce moment-là que Martha m'a envoyée changer les draps des quatre chambres d'amis.

Elle grogna.

— Le propriétaire est une figure assez célèbre par ici. Je suis sûr qu'il a beaucoup d'amis influents, mais ce serait bien de garder un œil sur ceux qui sont proches de lui. Toutefois, le drap ensanglanté est…

Elle le regarda chercher le bon mot.

— C'est inquiétant, bien que j'ignore si c'est terrible.

Elle haussa les épaules.

— De toute façon, le propriétaire est le genre de personne que j'oublierai après être partie. Hormis nos soupçons, il est plutôt…

Elle chercha le terme, puis ajouta :

— Ordinaire.

— La plupart des gens ne diraient pas ça.

Il envoya un autre message. Elle imagina qu'il mettait les autres au courant des numéros de téléphone.

Elle força son esprit à se concentrer de nouveau sur M. Freeman et à ne pas songer à un autre meurtre.

— Quand il parle à ses pairs, il doit probablement avoir une aura puissante. Chaque fois que je le vois, il ne s'adresse pas vraiment à moi, donc son sourire n'a aucun pouvoir et son charisme ne m'est pas adressé. Il passe ainsi dans ma vie comme un autre homme ordinaire.

Elle haussa les épaules.

— Cependant, quand je l'ai croisé la première fois, j'ai pensé qu'il avait quelque chose d'un peu reptilien. Mais aujourd'hui, il était différent.

Michael fronça les sourcils.

— Intéressant.

Elle attaqua ses fruits de mer, adorant les crevettes tendres et juteuses.

— C'est délicieux.

Elle leva les yeux.

— Je suis surprise que tu ne prennes pas un verre.

La surprise lui illumina les yeux.

— Tu en veux un ? Du vin, peut-être ?

Elle secoua la tête.

— Non, ça m'endort. Tu as prévu de sortir ce soir ?

Il tourna son regard orageux, bleu gris, vers elle et haussa un sourcil.

— Je prévois de t'emmener où tu dois aller, puis de rentrer pour dormir, déclara-t-il d'un ton neutre.

Elle ricana.

— Et puis quoi encore ?

Elle le regarda poser lentement sa fourchette, s'appuyer sur ses mains et reposer son menton sur une paume.

— J'aimerais que tu restes à l'écart, mais tu ne le feras pas.

— Et moi, j'aimerais que tu restes dans ta chambre ce soir, mais tu ne le feras pas non plus.

Il la dévisagea en fronçant les sourcils.

— Je dois découvrir ce qui se passe.

Elle hocha la tête.

— Moi aussi.

Il prit sa fourchette et une autre bouchée, réfléchissant lentement à son expression.

— Souviens-toi, j'ai promis que je partirais au plus tard demain matin, pas ce soir.

Il acquiesça.

— Que feras-tu si tu as des ennuis ce soir ?

— Je me précipiterai chez toi.

Elle sourit, puis éclata de rire.

— Si tu es bien celui que tu prétends être, tu ne devrais avoir aucun mal à me protéger.

Il secoua la tête.

— Ça ne fonctionne pas comme ça. Te protéger quand tu es dans mon appartement, c'est une chose. Te protéger quand j'ignore totalement où tu te trouves ou ce que tu fais, c'est totalement différent. Et si tu finis par accourir chez moi alors que je n'y suis pas, qu'est-ce qu'il se passera ?

Son argument était valable. Elle avait toujours imaginé que si quelque chose arrivait, elle se précipiterait vers lui. Mais s'il n'était pas là ? S'il était sorti pour mener sa propre enquête ? Si elle était suivie, elle pourrait ruiner ses plans aussi. En réalité, elle risquerait de les mettre tous les deux en grave danger. Ce n'était pas ce qu'elle voulait.

— Dans ce cas, je suppose que je devrais courir dans les bois, admit-elle doucement. Je n'aimerais pas qu'ils viennent me chercher chez toi et découvrent que tu n'y es pas.

Elle le regarda détourner son attention des deux agents de sécurité assis au fond de la salle.

— Il n'y a aucun endroit sur la propriété où tu pourrais fuir et être en sécurité, dit-il doucement. Je préférerais vraiment que tu ne rentres pas ce soir.

Elle ne savait pas pourquoi elle continuait à discuter avec lui à ce sujet. Une part d'elle ne voulait jamais y retourner.

Une autre part avait conscience qu'elle devait y retourner. Elle détestait ça.

— J'ai l'impression que je dois y être.

Il posa sa fourchette un peu trop brusquement et la fusilla du regard. Il ouvrit la bouche, se ravisa, et but une gorgée de son café.

Ensuite, elle posa sa main sur la sienne.

— Je ne cherche pas à être difficile.

— Tu l'es quand même, rétorqua-t-il. Ce n'est pas un jeu. Tu devrais considérer le meurtre de ta sœur comme un avertissement.

Elle serra les doigts puis laissa sa main retomber.

Alors qu'ils allaient rompre le contact, il posa sa main sur la sienne.

— Je ne veux pas qu'il t'arrive quoi que ce soit.

— Il ne m'arrivera rien. Je te le promets.

Il secoua la tête.

— Ta promesse ne changera pas grand-chose. Ces gens ne plaisantent pas.

À ce moment-là, la serveuse demanda :

— Puis-je vous apporter autre chose ?

Michael lui sourit.

— Non, tout est parfait, merci.

La serveuse considéra tour à tour Mercy et Michael, puis s'éloigna. En partant, elle fit un détour vers les deux agents de sécurité. Elle s'arrêta et leur parla, jeta un coup d'œil vers la table de Michael et Mercy, puis revint vers les deux hommes.

Les doigts de Michael se crispèrent convulsivement autour de la main de Mercy.

— Je n'aime pas ce qui est en train de se passer.

— Et pourtant, elle les sert aussi, donc c'est instinctif de passer d'une table à l'autre.

— Peu importe. Il faut que nous partions d'ici et que nous leur échappions.

— Comment pouvons-nous partir sans qu'ils le remarquent ? le questionna Mercy. Nous devons passer juste devant eux pour sortir du restaurant.

— C'est exactement pour cette raison qu'ils sont assis à cette table.

Michael scruta la pièce tandis qu'elle l'observait.

— Y a-t-il une porte à l'arrière ?

— Il y en a une, mais nous n'en aurons pas besoin.

Michael lança un coup d'œil à son assiette.

— Finis ton repas, puis nous partirons.

Elle hocha la tête et termina rapidement les dernières bouchées de son plat. Tandis qu'elle le regardait, il sortit des billets de son portefeuille et les glissa sous son assiette. C'était une somme généreuse, largement suffisante pour payer le repas et laisser un pourboire. Il sortit son téléphone, envoya un message, puis le rangea.

Elle poussa légèrement son assiette sur le côté et lâcha avec un sourire joyeux :

— Quoi qu'il en soit, j'ai apprécié ce dîner.

Il lui sourit.

— Tant mieux. Je suis content que tu aies accepté mon invitation.

— Ce n'est pas un vrai rendez-vous, le taquina-t-elle.

Il y avait de la chaleur dans son regard.

— Oh, c'est un vrai rendez-vous !

Elle leva les yeux au ciel. Cependant, elle adorait l'idée qu'il le pense vraiment.

— Merci pour le dîner.

Il inclina la tête.

— De rien. Peut-être qu'une prochaine fois, nous trouverons un endroit où nous pourrons rester un peu plus longtemps.

Elle sourit.

— J'adorerais.

Il repoussa son assiette, prit sa tasse de café et dit :

— Dans quelques minutes, il y aura une diversion. Je me lèverai, je te prendrai la main, et nous sortirons par la porte d'entrée sans qu'ils nous voient. Tu me suis ?

Elle prit une gorgée de son café et toussa. Elle s'éclaircit la voix, opina du chef et attrapa son verre d'eau.

— Merci pour l'avertissement.

Il tendit la main ; elle y posa la sienne.

— Tu es prête ?

Elle scruta ses traits, puis hocha la tête.

— Oui. Je ne comprends pas trop comment ni pourquoi, mais j'ai confiance en toi.

Cette fois, son sourire était d'une intimité à couper le souffle.

— Merci. C'est tout ce qui compte.

Puis la porte s'ouvrit, et un grand groupe de personnes entra, se pressant à l'entrée du restaurant, comme s'ils cherchaient des places. Ils s'agglutinèrent autour de la table des deux agents de sécurité. C'est à ce moment-là que Mercy saisit. Instantanément, ses doigts se refermèrent autour des siens. Elle fut tirée de sa chaise, conduite à l'autre bout de la salle, où il lui fit traverser rapidement l'attroupement. Heureusement, ils étaient stationnés de l'autre côté du bâtiment, ce qui leur évita de repasser devant les gardes.

Il l'aida à monter dans le pick-up, contourna le véhicule, démarra et, sans allumer les phares, s'éloigna. Dès qu'ils atteignirent la route principale, il alluma les phares et continua.

— Maintenant, où puis-je te déposer ?

— Il faut y retourner ce soir. Je dois récupérer ma voiture.

Il lui lança un regard dur.

— Je pourrais facilement aller la chercher pour toi.

Elle déclina.

— Non. Au fait, c'était une sacrée diversion. Visiblement, tu peux compter sur beaucoup de monde dans ce genre de situation.

— J'ai de bons amis sur qui je peux compter, et ça, c'est inestimable.

Puis des phares brillèrent à travers la vitre arrière.

— Merde. C'est eux.

DÉSORMAIS, SES OPTIONS étaient limitées. La ramener était probablement la chose la plus sûre à envisager à ce stade. Il avait peu d'autres choix – à part s'arrêter sur le bas-côté et régler ça immédiatement, ce qu'il ne pouvait pas faire sans compromettre sa couverture ou l'impliquer directement.

— Ce serait bien trop évident si on s'arrêtait sur le bord de la route pour les laisser passer.

Il la considéra, un air toujours dur sur le visage.

— Ce n'est pas sûr pour toi.

Elle se tourna dans son siège et fixa du regard le véhicule derrière eux.

— D'accord, je crois que tu m'as enfin convaincue.

Elle pivota pour l'observer.

— Mais qu'est-ce qu'on est censés faire maintenant ?

Elle se rendit compte qu'il ralentissait en approchant du domaine.

— J'ignore à quel point c'est risqué, toutefois, si tu t'arrêtais ici, on pourrait peut-être fuir à travers champs.

Il secoua la tête.

— Impossible. Ils ont aussi des caméras de surveillance à l'extérieur de la propriété.

— Est-ce que ma vie est vraiment en danger ?

Elle jeta un coup d'œil à leurs poursuivants.

— C'est trop surréaliste d'imaginer que je sors pour dîner et que je reviens pour me faire tirer dessus.

— Une fois que tu auras pris tes affaires, tu pourras passer la nuit chez moi.

Surprise, elle poussa un petit cri.

— Pourquoi ?

— Parce qu'ainsi, au moins, je saurai que tu es en sécurité. Je ne fermerai pas l'œil sinon.

— Je pensais que tu allais sortir et fouiller le domaine.

— Peut-être que je le ferai. Cependant, j'ai besoin d'avoir la certitude que tu es à l'abri quelque part.

— Je doute que ton appartement soit considéré comme un lieu sûr, répliqua-t-elle en riant à moitié. Il est évident que nous revenons ensemble ici.

Le portail s'ouvrit en grand pour eux ; le gardien les salua d'un geste.

Alors que Michael passait, elle souligna :

— En apparence, ils sont tous si accueillants.

— Bien sûr.

Il regarda dans le rétroviseur tandis qu'un deuxième véhicule entrait. Tout le monde se saluait d'un signe de la main. Il se demanda s'il ne se faisait pas trop de films. Malgré tout, il aurait bien aimé l'avoir éloignée avant d'en avoir le cœur net. Bon sang, pourquoi avait-elle été si réticente ?

— Conduis jusqu'à la maison. Je vais monter dans ma

chambre. Tu retourneras chez toi, et ensuite je te rejoindrai en douce.

— Il y a des chances qu'on t'en empêche, la prévint-il. Souviens-toi de l'intrus qui se tenait devant ta porte.

Elle opina du chef.

— J'arriverai peut-être à sortir. Sinon, tu viendras déverrouiller ma porte.

Il émit un ricanement.

— Ils pourraient être en train de préparer autre chose. J'ignore ce que c'est. Ce sont les caméras et les micros qui m'inquiètent maintenant.

Il se gara devant la porte des domestiques.

Elle attrapa son sac, lui adressa un sourire éclatant, puis sauta hors du véhicule. Elle referma la portière, se dirigea vers l'entrée arrière et ouvrit la porte menant à l'escalier vers sa chambre.

Lorsqu'elle fut en sécurité à l'intérieur, il déplaça le pick-up de son côté. Il le stationna, prêt à partir si nécessaire. Il déverrouilla la porte de son appartement et monta à l'étage, l'esprit en ébullition. Il avait besoin d'une nuit de plus pour sortir et inspecter les environs. Mais d'abord, il devait la mettre hors de danger.

Un message sur son téléphone le prit au dépourvu. Il le sortit et vit qu'il provenait de Levi.

Des nouvelles ?

Quelque chose se prépare. Troisième décès suspecté. Cache d'armes suspectée. Des traces récentes relevées à l'arrière de la propriété.

Des armes ?

Je t'en dirai plus dans deux heures.

Et la fille ?

Toujours têtue. Toujours là. Mais plus pour longtemps.

Il monta à l'étage, déverrouilla la porte de son appartement. Il vérifia que tout était en ordre dans son studio pendant qu'il répondait à Levi. Il aurait bien aimé l'appeler ce soir, toutefois, il ne pouvait pas prendre ce risque. Le fait qu'il ait déjà cherché d'éventuels micros ne signifiait pas qu'il ne devait pas recommencer immédiatement. Il mit une cafetière en marche et en profita pour passer en revue les pièces. Comme il ne trouva rien d'inquiétant, il devint encore plus méfiant. Il craignait qu'ils aient quelque chose de plus sophistiqué, comme des caméras. Dans ce cas, ils sauraient déjà qui il était, car ils l'auraient vu chercher des micros. Il alluma la télévision pour couvrir un peu ses bruits et se rendit dans sa chambre pour enfiler une chemise noire. Il éteignit les lumières du salon et laissa allumée celle de la chambre. Il était encore trop tôt pour se coucher, mais il n'était pas étrange de penser qu'il pourrait être assis dans son lit, sur son ordinateur portable, avant d'aller dormir.

Il vérifia sa montre. Il était maintenant vingt heures vingt. Toujours aucune trace de Mercy. Il se dirigea vers la fenêtre du salon, restant sur le côté de la vitre, les rideaux en guise de couverture, et observa sa chambre. Il arriva juste à temps pour voir les lumières s'éteindre.

Il demeura silencieux, à scruter les alentours du domaine. De temps en temps, il apercevait l'un des agents de sécurité effectuant sa ronde. Mentalement, Michael nota l'heure. Il patienta jusqu'à ce que l'homme réapparaisse. Non, cette fois c'était un autre, trente minutes plus tard. Pendant ce laps de temps, il n'y eut toujours aucun signe de Mercy. Il se demandait pourquoi elle avait choisi de rester ici. Ou bien attendait-elle le bon moment, lorsque ce serait plus sûr ? Il patienterait encore plusieurs heures avant de pouvoir sortir sans risque.

Même s'il aimait l'idée d'avoir Mercy chez lui, il n'aimait pas l'idée que quelqu'un soit susceptible de venir ici et de la trouver. Ce serait acceptable si cette personne les surprenait tous les deux. En revanche, si elle était seule, ils sauraient qu'il fouillait les lieux. Ils penseraient aussi qu'elle était de mèche.

Il resta là, sirotant sa deuxième tasse de café, observant une petite silhouette qui sortait de l'escalier et traversait la cour dans sa direction. Il n'avait pas vu de garde devant sa chambre ; c'était une autre source d'inquiétude. Pas besoin de changer la routine, sauf si quelque chose de plus grave avait retenu l'agent de sécurité ailleurs. Et toute modification de la routine le rendait prudent.

Il ouvrit la porte du rez-de-chaussée avant qu'elle n'ait le temps de frapper. Il la fit rapidement entrer et referma la porte derrière elle. Il lui fit signe d'avancer, et ils montèrent les marches vers son appartement.

En haut, elle jeta un coup d'œil autour d'elle.

— C'est joli. Beaucoup plus grand que chez moi, dit-elle, surprise. Tu as aussi une cuisine.

Il opina du chef.

— Je n'ai pas encore beaucoup cuisiné.

Tandis qu'elle parcourait son studio, il se dirigea vers la fenêtre pour surveiller. En mettant un doigt sur ses lèvres, il se rendit dans sa chambre et effectua une recherche approfondie pour voir s'il trouvait quelque chose de suspect. Il découvrit une petite caméra de l'autre côté du lit. Furieux, il la fixa des yeux, voulant l'arracher et la jeter dans les toilettes. Cependant, il avait conscience qu'il devait l'utiliser à son avantage. Il s'assit sur le lit, hors du champ de la caméra, et la désigna du doigt.

Mercy fronça les sourcils, mais resta silencieuse. Elle

s'approcha de lui et, dans un geste surprenant, l'enlaça et l'embrassa. À son oreille, elle chuchota :

— Nous devrions en profiter.

Il passa ses bras autour de sa taille et la serra contre lui. Elle avait raison, toutefois, il ne voulait pas la mettre plus en danger qu'elle ne l'était déjà. Et, au fond de lui, il sentait son désir s'éveiller. Cela faisait un an qu'il n'avait pas eu de relation, une année où il avait complètement fermé cette partie de lui et essayé de guérir de nombreuses autres blessures de son esprit. Mais maintenant, avec cette femme belle, chaleureuse et prête dans ses bras, il était difficile de penser à autre chose. Quand elle se pressa plus fort contre lui, enroula ses bras autour de son cou et plaqua ses lèvres contre les siennes, il se rendit compte qu'elle était vraiment sérieuse.

Chapitre 13

MERCY POUVAIT SENTIR son choc et sa surprise lorsqu'elle passa ses bras autour de son cou et se serra très fort contre lui. Elle ne travaillait pas dans le marketing pour rien. Elle savait exactement ce qui devait se produire. Il suffisait de créer l'illusion attendue. À cet instant, les gens devaient croire que la seule raison de sa présence ici était son intention de faire l'amour avec Michael. Croire qu'ils seraient occupés pendant des heures.

Les lèvres près de son oreille, elle chuchota :

— Laisse-moi mener.

Toutefois, ses mains étaient trop occupées à lui caresser le dos de haut en bas, et elle n'était pas sûre qu'il ait compris le message qu'elle voulait lui faire passer. C'était difficile de garder la tête froide alors que la passion flambait entre eux. Ce qui devait être un simple exercice de communication prit rapidement une tournure incontrôlable. Elle ne s'attendait pas à fondre à son contact – à avoir envie de se jeter sur lui pour apaiser le besoin qui la dévorait. Mais après tout, qui aurait pu imaginer une telle chose ? Il réveillait en elle une réponse qu'elle n'avait pas éprouvée depuis longtemps. Peut-être jamais.

Peut-être était-ce l'excitation provoquée par l'observation. Ou simplement cet homme incroyablement sexy qui posait ses mains sur elle, envoyant ses hormones en ébullition. Quoi qu'il en soit, la sensation était délicieuse-ment intense. Cependant, elle devait garder la tête froide. Elle essayait de séparer son esprit de son corps, mais il s'efforçait de la séduire, et son corps était un partenaire bien disposé.

Elle espérait qu'il comprendrait le message, car, quelques minutes plus tard, quand elle se retirerait, le réveil serait brutal. Elle ne cherchait pas à le tenter. Toutefois, ils disposaient de la fenêtre de tir nécessaire. Quand il la poussa doucement sur le lit, ses jambes rencontrant le matelas, elle frissonna. Elle secoua la tête, essayant de clarifier ses idées, de réprimer la chaleur qui montait en elle avant de perdre le sens de ses actes. Elle se dégagea de ses bras, sa respiration était saccadée, rauque dans sa poitrine. Debout devant la caméra, elle retira son t-shirt et le jeta directement sur l'objectif.

Avec une respiration tremblante, elle fit les cent pas dans la pièce, tentant de se calmer. Il posa une main sur son épaule, se pencha en avant et lui murmura à l'oreille :

— N'oublie pas, c'est un dispositif audio et vidéo.

Elle leva les yeux au ciel, comprenant ce qu'il voulait dire. Elle se jeta dans ses bras et l'embrassa avec fougue. Il la souleva et la porta jusqu'au lit, et, ensemble, ils se concentrè-rent pleinement sur le fait de donner l'illusion d'une session torride de sexe, uniquement avec le son.

Quand il roula enfin sur le côté, elle plaqua une main sur sa bouche pour étouffer ses rires. Il la regarda en souriant. Elle leva de nouveau les yeux au ciel et tira les couvertures jusqu'à ses lèvres pour étouffer tout bruit. Il quitta le lit et se dirigea silencieusement vers l'autre pièce. Elle resta allongée un long moment, respirant profondément jusqu'à ce que son calme revienne, feignant de s'endormir. Elle se tourna alors, se glissa hors du lit sur la pointe des pieds et sortit discrètement. Ils devaient laisser la porte ouverte et les lumières éteintes.

Dans l'autre pièce, elle le trouva avec une tasse de café à la main, debout près de la fenêtre, scrutant la nuit. Sa respiration s'était calmée – plus que la sienne – et elle savait qu'il réfléchissait à ses options. Elle s'approcha doucement derrière lui et susurra :

— Crois-tu qu'il soit sûr de partir ?

Il passa un bras autour d'elle et la tira contre son torse. Après ce qu'ils venaient de traverser, il semblait si naturel de l'enlacer et de la tenir près de lui.

— Je vais attendre quelques minutes. Pour les laisser penser que nous nous sommes endormis.

Elle frotta sa joue contre son torse nu.

Il l'étreignit doucement.

— Est-ce mal de souhaiter que ce ne soit pas seulement pour faire semblant ? chuchota-t-elle, voulant qu'il sache qu'elle tenait à lui.

Il allait se retrouver dans une situation dangereuse, et elle voulait qu'il sache qu'il n'était pas seul.

Il s'immobilisa et la serra plus fort contre lui. Son cœur s'accéléra, battant à tout rompre contre son oreille. Il se pencha et murmura :

— Nous pourrons reprendre ça plus tard.

Elle rit doucement et, d'une voix rauque, rétorqua :

— Dans tes rêves. Pas tant que nous sommes épiés.

Son sourire s'élargit au contact de son torse contre sa peau.

— Je ne suis pas sûr d'avoir envie de te laisser ici toute seule, avoua-t-il à son oreille.

— Étant donné qu'ils imaginent que je récupère après

une séance de sexe torride, je ne crois pas que tu aies à t'inquiéter pour moi.

— Peut-être, mais j'ai trouvé une solution qui, je l'espère, te gardera en sécurité si jamais ils se pointent.

Avec un geste de son doigt sur ses lèvres, il l'emmena vers le placard du couloir à l'extérieur de la chambre. Au plafond, il y avait un accès au grenier. Quelques planches clouées contre le mur faisaient office d'échelle pour accéder à l'espace. Il souleva la trappe et la sortit du cadre, puis elle passa la tête à l'intérieur de ce dernier. Il y avait une poignée pour refermer l'accès aux combles. Elle redescendit et le considéra.

— C'est normal d'avoir ça ?

Il haussa les épaules.

— C'est assez courant. S'ils avaient des problèmes de ventilation, s'ils devaient ajouter de la laine de verre pour l'isolation, ou pour n'importe quel autre problème, cela serait sensé d'avoir accès au grenier. Cela te procure en tout cas une cachette, au cas où tu entendrais quelqu'un arriver. Ça permet aussi de rejoindre l'autre appartement pour s'échapper.

De retour dans la cuisine, elle remarqua qu'il avait changé de tenue et portait des vêtements entièrement noirs. Il ressemblait à un cambrioleur. Lorsqu'elle le lui fit remarquer, il lui lança un regard en coin et demanda :

— Qu'est-ce qui te dit que je n'en suis pas un ?

Elle haussa un sourcil, réfléchit un instant, puis sourit.

— Non, tes principes moraux et éthiques sont incompatibles.

Cette fois, ses sourcils se soulevèrent.

— Comment ça ? rebondit-il avec curiosité.

— Parce que tu insistes pour me protéger, tu veux à tout

prix découvrir la vérité sur ton ami, et tu tiens à mettre les méchants hors d'état de nuire. Si tu étais un cambrioleur, tu ne te soucierais pas de tout ça.

Il la dévisagea intensément pendant un long moment, puis sourit.

— Reste en sécurité, lui ordonna-t-il en se dirigeant vers la chambre où se trouvait la trappe du grenier, avant de se retourner pour la considérer.

Elle glissa ses doigts dans la poche de son jean alors que son regard descendait lentement vers sa poitrine, gonflée et généreuse dans son soutien-gorge en dentelle noire. Elle baissa les yeux et rougit.

— En matière d'image à emporter avec moi, lança-t-il d'une voix rauque et le regard brûlant, celle-ci est la meilleure.

AYANT CETTE DERNIÈRE image d'elle bien ancrée dans un coin de son esprit, Michael sortit du deuxième petit appartement et descendit les escaliers. Il chercha des alarmes, mais n'en trouva aucune. Silencieusement, il ouvrit la porte extérieure et se faufila dans la nuit, dans la haie sur le côté. Il attendit que ses yeux s'habituent à l'obscurité. Dès qu'il put voir clairement, il se dirigea vers le grand garage. Celui-ci longeait le mur jusqu'au fond de la propriété et jouxtait la haie. Cela lui offrirait un chemin dégagé jusqu'à l'angle arrière du domaine. Il n'y avait aucun signe de présence tandis qu'il traversait la courte zone herbeuse exposée. Au garage, il pressa son oreille contre la porte. Cependant, aucun bruit ne venait de l'intérieur. Il monta à une fenêtre pour regarder dedans, mais tout semblait sombre et vide.

S'accroupissant sous la fenêtre, il continua jusqu'à

l'arrière du bâtiment. De là, il se blottit contre la haie et, en quelques secondes, il courut doucement le long du chemin bordé de cèdres, sur une centaine de mètres. Il y avait beaucoup d'endroits où se fondre dans l'obscurité. La lune apparaissait brièvement entre les nuages, lui fournissant juste assez de lumière pour voir ses quelques pas suivants, avant de disparaître provisoirement. Heureusement qu'il avait une bonne vision nocturne.

Il était à peu près certain que les malfaiteurs devaient disposer d'un autre endroit ici. Il penchait pour un bunker souterrain. Le défi était d'y parvenir sans être repéré. Après avoir observé les environs, il décida rapidement que la haie de cèdres offrait la meilleure protection. Lorsqu'il atteignit la colline et se glissa en bas de la pente de l'autre côté, il était sorti depuis moins de quinze minutes. Il déclencha le chronomètre pour enregistrer le temps.

Au pied du coteau, il voyait où la route en gravier à côté des conifères se terminait. Aucun véhicule n'était en vue. D'ici, il n'était pas en mesure de déterminer s'il y avait une porte ou une autre structure au niveau de la colline. Il attendit, l'oreille tendue à l'affût de bruits inhabituels. Quelque chose de petit bruissait dans les sous-bois à côté de lui. La plupart des animaux devaient dormir à cette heure-ci. Les seuls encore dehors étaient ceux qui chassaient. Tout comme lui.

Ne percevant aucun autre son, il choisit soigneusement son chemin sur le sol rocailleux. Il se déplaça de rocher en rocher, silencieux dans la nuit. Au loin, il crut entendre quelque chose. Il se tapit près du sol et attendit. Le bruit ne se répéta pas, alors il avança de nouveau en se faufilant. L'allée en gravier descendait, et, en la suivant, il aperçut un pick-up garé contre le coteau. Il lui semblait vide, bien qu'il ne puisse en être certain.

Après plusieurs instants sans que personne s'approche du véhicule, il se glissa jusqu'à l'arrière de celui-ci et s'accroupit. La benne du pick-up était recouverte d'une bâche. Il regarda par les vitres, mais ne vit personne. Il n'y avait aucune raison d'avoir un véhicule ici, à moins qu'il ne soit utilisé pour quelque chose.

Les clés étaient toujours sur le contact, et il y avait un râtelier à fusils à l'intérieur, mais le véhicule était vide. Il prit rapidement un cliché de l'habitacle, puis se glissa à l'avant pour photographier la plaque d'immatriculation. Il envoya les deux images à Levi et au commandant.

Caché derrière le pick-up, il étudia ce qui semblait être une caverne artificielle dans la colline. Ce qui avait pu commencer comme une grotte avait été renforcé avec des poutres et peut-être de l'acier. Ça ressemblait à un grand entrepôt. Il supposait qu'une sorte d'enceinte tenait la faune à l'écart. Cependant, pour le moment, c'était ouvert.

Quelles étaient les chances qu'il n'y ait pas de lumière ? S'il y avait des gens à l'intérieur, cela devrait être éclairé. Il observa l'ouverture sombre avec méfiance. L'avaient-ils vu arriver ? Il hésita à attendre d'avoir des renforts. Cependant, il avait conscience que la prochaine fois qu'il viendrait, cet endroit, quel qu'il soit, serait verrouillé.

Se fiant à son instinct qui lui disait d'entrer et de découvrir ce qu'il se passait, il franchit le seuil et tourna au premier coin. Aucune alarme ne se déclencha, du moins aucune qui ne soit audible. Ils avaient dû dépenser beaucoup d'argent pour construire cet endroit, et devraient investir bien plus encore s'ils souhaitaient sécuriser quelque chose d'aussi vaste. Il aurait certainement agi de la sorte si cela avait été sa propriété. Toutefois, cela paraissait être en cours de construction. Et compte tenu de la qualité du camouflage, la sécurité ne devait pas être une priorité pour eux.

Blotti dans sa cachette, il laissa son regard errer lentement, attendant qu'un autre niveau d'obscurité s'installe. Avec ses yeux adaptés, il pouvait distinguer des caisses d'un côté et des tables de l'autre. Un espace ouvert au centre comportait des traces au milieu de la terre. Il n'arrivait pas à imaginer quelle pouvait être l'utilité d'un endroit aussi grand. Il pourrait facilement contenir quelques semi-remorques, voire dissimuler des camions vides et leur cargaison déchargée. Le pick-up garé à l'extérieur ne transporterait pas grand-chose en comparaison avec ce qui avait été apporté ici.

Il étudia l'espace de retournement à l'extérieur. C'était un peu compliqué, mais tout bon conducteur serait capable de faire entrer et sortir un véhicule. Il resta dans l'ombre tout en se déplaçant vers les piles de caisses ; il en compta au moins six. Elles étaient verrouillées. Il avait désespérément envie d'allumer la lampe torche de son téléphone. Il n'osait pas prendre ce risque. Les oreilles à l'affût des moindres bruits, il tenta de soulever les couvercles de certaines d'entre elles. Alors qu'il se penchait sur l'une d'elles et tentait de l'ouvrir de force, il entendit des voix. Il se glissa derrière la caisse, et se rendit compte qu'il était adossé à un mur en pierre. Il s'accroupit et attendit tandis que les voix se rapprochaient.

— Nous devons les sortir d'ici ce soir.

— Nous ne pouvons pas accélérer le calendrier aussi vite, argumenta un homme. Pas besoin de paniquer. Tôt dans la matinée, nous recevrons la deuxième livraison. Elles pourraient partir toutes les deux en même temps.

— C'est plus risqué. Il vaut mieux les expédier une à la fois. Si l'un des chauffeurs est pris, l'autre sera toujours en sécurité.

— Ce n'est pas une opération de dernière minute. Nous planifions cela depuis des mois.

— Et pourtant, il y a eu des problèmes, dit un homme d'une voix froide. Robert a dû éliminer quatre personnes différentes.

— Ils étaient tous connectés. Ils n'auraient pas dû être impliqués initialement, mais nous étions en gros sous-effectif.

Il renifla.

— Et ce n'est pas juste d'inclure la femme de ménage et son petit ami espion. Ils auraient dû être tués dès le départ.

— Nous devions attendre d'avoir la preuve qu'ils fouinaient, répliqua un deuxième type. Et maintenant que cela a été réglé, y a-t-il d'autres problèmes à prévoir ?

— Pas pour le moment. Nous avons le travail de ce matin à nettoyer, cela sans que mon ami politique qui est aussi ici le découvre, indiqua l'individu à la voix froide. Ce chauffeur n'aurait jamais dû être assassiné dans son lit pendant qu'il dormait. Surtout pas alors que la chambre à côté de la sienne était occupée. Sans compter que nous avions besoin de lui soustraire des informations au préalable. A-t-il agi seul lorsqu'il a volé une caisse ? Ou avait-il de l'aide ? Cela a été géré n'importe comment.

— Sans parler du fait que vous avez des gens qui travaillent sur le domaine et qui n'ont rien à voir avec ça. S'ils découvrent…

— Alors, ils subiront le même sort que ceux qui ont disparu, lâcha le deuxième homme avec colère. Nous avons beaucoup de personnes qui travaillent ici maintenant. Seuls quelques-uns sont impliqués. Nous avons l'intention de garder les choses en l'état. Toutefois, nous avons encore besoin de renforts quand ça tourne mal.

— C'est ainsi que la situation doit rester. La répartition des bénéfices est limitée.

L'homme à la voix froide parla de nouveau :

— Qu'en est-il du fournisseur ?

Il y avait quelque chose d'un peu familier dans cette voix, mais Michael ne parvenait pas à mettre le doigt dessus.

— Il ne m'a pas recontacté.

— Eh bien, peut-être que tu devrais t'en occuper et ne pas te soucier de la logistique ici.

— Tout est lié. Je n'ai pas l'intention de perdre tout ça.

— Aucun d'entre nous ne le souhaite.

Michael écouta encore un peu leur discussion jusqu'à ce que les trois types s'approchent d'un endroit où il était en mesure de distinguer leurs ombres. Ils continuèrent à marcher, passèrent devant les caisses et sortirent dans la nuit. Michael se recula rapidement jusqu'à être à l'angle, puis les observa de dos alors qu'ils se tenaient à côté du pick-up. Il prit une photo, tout en ayant conscience qu'il ne verrait que des silhouettes, peut-être leurs profils s'il avait de la chance. L'un des hommes contourna le véhicule et sauta sur le siège du conducteur, avant de démarrer le moteur. Les deux autres individus montèrent. Le pick-up fit demi-tour habilement et partit.

Tandis qu'il pensait être à l'abri, il entendit un bruit étrange, et une porte en acier tomba presque devant lui. Il eut une fraction de seconde pour décider s'il resterait à l'intérieur ou à l'extérieur. Il choisit l'intérieur. Avec un sentiment d'inquiétude, il regarda la lourde porte métallique se claquer au sol et se fermer hermétiquement, le coinçant à l'intérieur. Il se tourna vers le reste de la pièce et dit :

— Eh bien, mince.

Chapitre 14

COMBIEN DE TEMPS Michael resterait-il ? Mercy n'avait pas pensé à lui poser la question avant son départ. Et elle aurait dû. Parce que chaque instant semblait durer une heure. Il n'était parti que depuis trente minutes, mais il semblait que la moitié de la nuit s'était déjà écoulée. C'était douloureux de rester assise ici à l'attendre. Elle avait conscience qu'il était tout à fait capable de gérer toute situation à laquelle il serait confronté, cependant, personne ne pouvait échapper aux balles, même pas lui. Il était peut-être un spécialiste dans son domaine, toutefois, combien d'ennemis était-il réellement capable d'affronter ? En combat rapproché, bien sûr. Et s'ils avaient des couteaux ? Son esprit imaginait de nombreux scénarios effrayants. Tous aboutissaient à une blessure grave ou, pire, à la mort de Michael.

Elle essayait de songer à autre chose, quelque chose de plus joyeux, mais son esprit s'accrochait à la mémoire des meurtres de sa sœur et de Sammy. Il n'y avait rien de joyeux dans sa vie actuellement.

— Pas tout à fait vrai, murmura-t-elle pour elle-même.

Parce que la présence de Michael dans sa vie était un énorme coup de pouce. Non seulement il l'aidait dans sa quête de réponses, mais il faisait tout son possible pour la garder en sécurité en même temps. Le fait de le savoir à ses côtés lui donnait beaucoup plus de confiance dans leurs actions. C'était un de ces hommes qui savaient s'y prendre. Un de ceux qui entraient dans une pièce et demandaient ce qu'il fallait faire, puis se mettaient au travail sans discuter. Elle adorait ça chez lui. Ses déplacements avec la grâce sans effort d'une panthère ajoutaient à son attrait. Ce qui, si elle l'admettait, était un tout sacrément sexy.

Étant donné que ses mains avaient beaucoup vagabondé autour de son corps, elle savait qu'il était définitivement intéressé par elle. Il n'y avait pas moyen de feindre la bosse contre son bassin quand ils étaient dans cette étreinte serrée. Ni de se méprendre sur sa propre réponse électrique. Même maintenant, elle aurait voulu qu'ils soient au lit ensemble, pour honorer leur promesse.

Son expérience dans ce domaine était limitée. Peut-être à cause de la folie de sa sœur qui avait couché avec tous les adolescents qu'elle avait croisés. À cause de cela, Mercy avait fait preuve de retenue et était beaucoup plus exigeante quant au choix de ses partenaires. Elle rougissait de chaleur en se rappelant la sensation des bras et des mains de Michael sur son corps. Il serait un sacré amant. Il y avait quelque chose dans cette passion – elle lui donnait l'impression d'être enveloppée dans la traînée brûlante du désir. Quelque chose qu'elle n'avait jamais ressenti auparavant.

Elle aimait le sexe, adorait les câlins après. Cependant, elle n'avait jamais eu quelqu'un qui déclenchait en elle la passion – un désir qu'elle n'avait éprouvé qu'avec Michael. Elle avait dû faire tout son possible pour se retenir et ne pas se laisser emporter par leur scène de sexe fictive. Elle donnerait tout pour avoir une autre chance. Malheureusement, cela n'arriverait pas tant qu'ils seraient ici. Se souvenant qu'elle était encore susceptible d'être écoutée, elle retourna discrètement dans la chambre, s'étira tranquillement sur le lit, se tourna et poussa de profonds soupirs comme si elle se réveillait et retombait dans le sommeil. Puis elle resta là, les yeux secs, contemplant fixement le plafond avec inquiétude.

À combien de problèmes pouvait-il être confronté dans le domaine ? S'il tombait sur quelque chose d'illégal ? Que se passerait-il si les agents de sécurité le surprenaient en train de rôder ? Est-ce que c'était ce qui était arrivé à sa sœur ? Il n'y avait aucun moyen de le savoir. Et cela l'angoissait.

Pour garder cet emploi comme Anna l'avait prévu, elle s'était redressée et savait comment honorer une journée complète de travail. Si elle avait occupé des postes similaires au fil des années, cela n'aurait peut-être pas semblé aussi difficile pour elle. Peut-être parce qu'elle avait dû travailler. Peut-être que la charge de travail n'avait pas été aussi lourde pour elle.

Mercy n'avait aucune idée de la façon dont Sammy s'intégrait dans tout cela. En revanche, elle était heureuse que sa sœur l'ait rencontré. Qu'elle n'ait pas été seule à la fin. Cela la rassurait aussi de savoir qu'elle n'avait été impliquée dans rien d'illégal pendant qu'elle était avec Sammy, Michael lui ayant garanti qu'il était l'opposé d'un mauvais garçon.

Elle pivota et fixa la porte des yeux, détestant ces moments qui s'étiraient si lentement. Michael aurait déjà dû revenir. Elle se dirigea vers la salle de bains. De retour sur le bord du lit, elle vérifia de nouveau sa montre. Une heure. Il ne s'était absenté que depuis une heure. Elle ferma les yeux et tenta de dormir. Non qu'elle ait beaucoup d'espoir. Elle écoutait tout bruit – qu'il soit bon ou dérangeant.

Elle n'osait rien manquer. Surtout pas s'il y avait un risque que quelqu'un vienne la chercher ici. Bien qu'en cas de besoin, elle n'ait aucun moyen de les tenir à l'écart ou de prévenir Michael qu'il était en danger.

Alors qu'elle s'inquiétait, elle crut entendre une voix à l'extérieur. Elle se leva du lit et se dirigea vers la fenêtre de la chambre. L'appartement était au-dessus du garage. Il y avait des fenêtres de chaque côté. Cachée derrière le rideau, elle étudia l'obscurité du soir. Elle ne pouvait rien distinguer. Cependant, elle n'avait pas mal entendu les voix. Avec ses oreilles en alerte, elle resta immobile et attendit.

C'est alors qu'elle vit des hommes s'approcher de la porte du bas.

MICHAEL VÉRIFIA RAPIDEMENT le joint de la grande porte, cherchant un moyen de sortir. Le véhicule dehors s'étant éloigné, il sortit son téléphone de sa poche et alluma la lampe torche. Il prenait le risque d'éclairer maintenant que les hommes étaient partis. Son regard suivit ses doigts pendant qu'ils glissaient de chaque côté de la lourde porte en métal. Il devait y avoir un mécanisme d'ouverture pour ceux qui étaient à l'intérieur. Ce serait insensé d'enfermer des gens sans qu'ils aient un moyen de sortir. Quoique…

Il jeta un coup d'œil autour de lui, sondant plus profondément le vaste espace, se rendant compte qu'il pourrait également y avoir une issue à l'arrière. Il était partagé entre la colère après s'être retrouvé dans cette situation et l'étonnement à propos de tout ce qu'il voyait. Il n'aurait pas dû laisser Mercy seule si longtemps. Elle devait être inquiète. Et pourtant, c'était ce qu'il était venu chercher.

Il se dirigea vers les caisses, sachant que s'il en ouvrait une et qu'ils le remarquaient, ils comprendraient que quelqu'un était ici. Il espérait en trouver une déjà ouverte ou comportant au moins une inscription sur le côté. Il les examina, mais elles étaient toutes scellées.

Il prit des photos de ses découvertes et les envoya, seulement pour se rendre compte qu'il n'y avait pas de réseau. Maudissant la situation, il se déplaça en quête d'autres sources d'intérêt. Il y avait beaucoup de pièces mécaniques empilées, et des palettes vides sur le côté. À côté de celles-ci se trouvait une pile de petites caisses.

Il s'arrêta en voyant le texte sur le côté : « C-4 ». Était-ce ainsi qu'ils créaient la zone ici ? Sûrement pas. Il faudrait des compétences en dynamitage assez solides pour créer cet espace sans faire sauter le sommet de la colline. Il fronça les sourcils en considérant la grotte.

Il continua à avancer de plus en plus profondément, dépassant les camionnettes jusqu'à atteindre le mur du fond. Il craignait de vider la batterie de son téléphone en utilisant la lampe de poche tout le temps, mais c'était nécessaire. À l'arrière, il se heurta à un autre cadre de porte en construction. On aurait dit qu'ils étaient encore en train d'étendre vers l'arrière, et c'était la dernière des poutres de soutien. Rien n'était stocké plus loin.

Se déplaçant rapidement, il traversa jusqu'à l'autre côté. Il y avait des établis, des tables, des bureaux et quelques remorques. On aurait dit qu'ils préparaient une grande production, mais qu'ils n'en étaient pas encore là. Des étagères en kit étaient posées sur le sol, prêtes à être assemblées.

Il y avait un espace où le creusement et le montage de la structure étaient en cours. Toutefois, ils n'avaient pas encore installé de porte. La paroi de la grotte était encore intacte, aucune ouverture n'ayant été créée jusqu'à présent.

Par conséquent, Michael était enfermé à l'intérieur. Cependant, pas pour longtemps.

De retour au point de départ, il passa ses mains sur les

côtés de la grande porte en acier. Il n'avait jamais vu aucune porte sans panneau de commande à l'intérieur. Un contrôle à distance à l'extérieur avait du sens, mais il devait y avoir un clavier de sécurité à l'intérieur, peu importe ce qui se passait.

Il trouva un ensemble de fils connectés à une série de commandes. Ils n'avaient pas encore été branchés à un panneau de contrôle. Ce serait suffisant. Quelques instants plus tard, il entendit la porte en acier craquer et grogner pendant qu'elle s'ouvrait lentement. Le problème, c'était que s'il l'ouvrait, ils sauraient qu'il avait été là. S'il pouvait l'entrouvrir de quelques centimètres, cela lui permettrait de sortir, et, s'il trouvait un moyen de la fermer ensuite, personne ne soupçonnerait sa présence sur les lieux.

Il s'amusa avec la porte pendant une bonne dizaine de minutes, trouvant un espace qui fonctionnerait pour ce dont il avait besoin. Il y avait plusieurs palettes vides sur le côté. En les renversant, il s'arrangea pour que la porte s'arrête à la hauteur voulue, comme si le mécanisme était coincé. Quand il réussit à la descendre, il lâcha tous les fils, courut vers la porte et, sur le ventre, il se glissa par dessous. Libéré et en sécurité, il se dépoussiéra et retourna par où il était venu.

Alors qu'il approchait enfin de la haie, il se demanda si Mercy allait bien. Par ailleurs, les sentinelles devraient de nouveau patrouiller dans le périmètre. Leur tour durait une heure, et il était parti peu de temps après leur dernier passage. Il lui restait encore un terrain ouvert à traverser pour atteindre le garage principal, celui dont les gardes s'étaient acharnés à lui interdire l'accès. Il attendit que les hommes passent devant lui, s'approcha discrètement dudit garage et patienta, satisfait d'être arrivé sans être repéré. Cependant, il fut surpris de constater que le garde avait disparu. Peut-être à cause du couvre-feu de vingt-deux heures ? Il jeta un œil par la fenêtre la plus proche.

Aucun bruit ne provenait de l'intérieur. Il testa la porte. Elle était verrouillée. Il sortit ses outils et crocheta rapidement la serrure. Il entra et ferma la porte derrière lui avec un léger clic.

Une fois de plus, il resta en place et écouta, laissant ses yeux s'habituer à l'obscurité. Il y avait deux grands camions ici, similaires à ceux de la grotte. Il regarda à l'arrière pour voir ce qu'ils transportaient.

Des caisses en bois. Y accéder ne serait pas facile, car elles étaient toutes attachées. Prenant un risque, il alluma la lampe de poche de son téléphone en quête d'éventuelles inscriptions. Encore une fois, rien. Il éteignit rapidement, se dirigea vers le deuxième véhicule et trouva la même chose. Pour une raison quelconque, ces deux camions lourdement chargés étaient entreposés ici, et personne n'était autorisé à y accéder. De l'argent ? De la drogue ? Des armes ? Il n'en avait aucune idée, mais il soupçonnait qu'avec tout ce qu'ils savaient jusqu'à présent, c'était la dernière option. Dans tous les cas, c'étaient de mauvaises nouvelles.

En marchant sur le côté, il aperçut deux hommes se dirigeant vers l'angle, dehors, devant la fenêtre. Il se baissa immédiatement, hors de vue. Ils passèrent devant lui, en direction de l'atelier mécanique. Merde ! Il ne pouvait pas les laisser entrer dans l'appartement et la trouver seule. Il courut jusqu'à l'entrée de l'autre studio, l'ouvrit et monta les escaliers en silence.

À l'intérieur, il grimpa dans le grenier et traversa jusqu'à la trappe menant à son logement.

Mercy était debout à côté de la fenêtre, observant ce qui se passait dehors.

Il siffla discrètement. Elle se retourna, choquée, et le vit.

Un soulagement envahit son visage, et elle se jeta dans ses bras. Il la serra contre lui et murmura à son oreille :

— Deux hommes s'approchent de ma porte.

Elle hocha la tête frénétiquement.

— Je les ai vus. Ils ont essayé de l'ouvrir plus tôt, mais elle était verrouillée. Ensuite, ils sont partis.

Il opina du chef.

— Je présume qu'ils sont revenus avec les clés.

Il la tira vers la chambre. D'un geste rapide, il se déshabilla et désigna le lit. Elle comprit et ôta son jean. Elle se glissa sous les couvertures. Il la rapprocha de lui et la serra fort.

Quelques secondes après, ils entendirent des individus dans l'escalier. Il n'y eut pas de coup à sa porte, mais il entendit l'insertion d'une clé dans la serrure, et la porte de son appartement s'ouvrit sur le salon.

La colère le submergea. Il se redressa et appela d'une voix grondante :

— Qui est là ?

Il bondit de son lit, enfila son jean et courut vers le salon. Son regard énervé se posa sur les hommes de la sécurité, les poings serrés. Il expira lentement et exigea :

— Que faites-vous ici, bon sang ?

Les deux gardes se considérèrent, puis se tournèrent vers lui.

— Nous ne pensions pas que vous étiez là.

Il haussa un sourcil.

— Où pensiez-vous que j'étais ? Vous fouillez mon appartement ? Qu'est-ce qu'il se passe ?

Les deux hommes reculèrent d'un pas. Il avança d'un pas.

— Êtes-vous seul ? demanda l'un des types d'une voix

dure.

Il renifla.

— Depuis quand ça vous regarde ?

Ils s'arrêtèrent, en quête d'une réponse. Il comprit leur dilemme. Ils étaient venus en s'attendant à ce qu'il ne soit pas là, pour une raison ou une autre. Avait-il été vu ? Puis il entendit un mouvement derrière lui.

Mercy sortit la tête par la porte, puis elle fit un pas en avant, enveloppée dans le drap. D'une voix basse, elle dit :

— Je suis ici avec lui.

Les gardes se détendirent. Ils hochèrent la tête et lui sourirent gentiment.

— Désolés de vous avoir dérangés.

Ils lui jetèrent un regard puis se retirèrent.

— Verrouillez la porte derrière vous et laissez la clé.

Ils ne dirent rien ; ils fermèrent simplement la porte.

Ils ne prirent pas la peine de la verrouiller. Il s'approcha, verrouilla la porte, prit une chaise de cuisine et la coinça contre la poignée. Il se tourna vers elle et lâcha :

— Pile à temps.

Puis il sourit.

Chapitre 15

MERCY REGARDA MICHAEL, choquée par ses paroles.

— Pile à temps ? murmura-t-elle.

Elle secoua la tête et continua d'une voix à peine audible :

— Ça n'a aucune importance. On est passés bien trop près du drame. Et maintenant, on est dans la merde jusqu'au cou.

Le sourire disparut de son visage.

— Tu penses que tu vas te faire virer ?

Elle y réfléchit, se frottant les tempes.

— Je l'ignore, admit-elle. Je n'ai pas vu de panneau indiquant « Interdiction de fraterniser entre employés ».

Elle haussa les épaules.

— Je suis sûre que Martha aura une règle contre ça.

Elle fronça les sourcils, ses pensées s'activant.

— Tu crois que c'est pour ça que ma sœur a été tuée ? Parce qu'elle a entamé une relation avec Sammy ?

Il s'approcha et l'enlaça doucement, la serrant contre son torse.

— J'espère que non. Je doute qu'elle soit morte pour quelque chose d'aussi banal.

Elle grimaça.

— Je me torture l'esprit, me demandant si elle se serait vraiment fourrée dans une situation pareille. Le problème, c'est que je n'ai pas de réponse à cette question. Quand elle est partie, j'aurais dit « Oui » sans hésiter. Elle était à fond dans la drogue, les hommes et la *fast life*. Elle a probablement volé, participé au marché noir – enfin, ça ne m'aurait pas surprise qu'elle ait été impliquée dans une fusillade ou un cambriolage à l'époque. Cependant, on n'a plus eu de nouvelles d'elle pendant longtemps, et elle a mûri quelque part en chemin. Alors, penser qu'elle était ici depuis plusieurs mois à faire le ménage comme moi…

Elle secoua la tête.

— Ça défie l'entendement. Avant, on ne l'aurait jamais prise en train de réaliser des tâches subalternes.

Elle se dégagea de l'étreinte de Michael, détestant cette lassitude qui la gagnait, tout en ayant envie de rester blottie contre lui.

— Et pour le reste de la nuit ? Tu crois que je devrais retourner chez moi ?

Il déclina.

— Sûrement pas.

Elle fronça les sourcils.

— J'ai laissé ma trousse de toilette dans la salle de bains.

— C'est si important ? ajouta-t-il doucement. Il est vingt-deux heures passées, nous sommes dans le couvre-feu.

Ils se regardèrent comme s'ils étaient face à un fossé in-franchissable. Puis elle secoua la tête.

— Ce n'est pas si important, mais je ne veux rien laisser derrière moi. J'ai conscience que ça ne semble pas logique, cependant, pour moi ça l'est. Il y a quelque chose de telle-ment étrange dans cet endroit que je veux m'assurer de tout reprendre avec moi.

Il haussa un sourcil en entendant cette remarque. Toute-fois, il ne se moqua pas d'elle, ce dont elle lui fut reconnaissante.

— Demain matin, je t'accompagnerai, et on ira la récupérer.

— Et quelle sera ton excuse ?

— Je n'avais pas prévu d'en donner une, éluda-t-il. Si j'ai une dame qui reste pour la nuit, je m'assure toujours qu'elle rentre chez elle en toute sécurité.

Elle le considéra en fronçant les sourcils.

Il leva la main quand elle s'apprêta à protester et répliqua :

— Pas de discussion. On a besoin de dormir.

— Ah ! comme si je pouvais dormir maintenant.

Elle retourna dans la chambre, le drap tombant légèrement. Quand elle s'était précipitée hors du lit, elle avait baissé les bretelles de son soutien-gorge. Elle les remonta rapidement. En sous-vêtements, elle rejeta le drap sur le lit et le borda.

— On a déjà défait ton lit ce soir.

— Alors, il n'y a aucune raison de ne pas recommencer, si ? demanda-t-il avec une note malicieuse dans la voix.

Elle lui adressa un sourire en coin.

— Si seulement tu étais aussi chanceux.

Il pointa du doigt sa chemise, toujours posée sur la caméra.

Elle opina du chef.

Il retira rapidement son jean tandis qu'elle le regardait, son cœur s'accélérant à la vue de la bosse dans son sous-vêtement. Elle ferma délibérément les yeux et tira les couvertures jusqu'à ses épaules. Parce que la vérité, c'était qu'elle avait envie de se tourner, de l'accueillir dans ses bras et de froisser les draps. Cependant, ce n'était pas la meilleure idée pour l'instant.

Et elle ne voudrait jamais d'un public.

Elle resta allongée là, réfléchissant aux hauts et aux bas des relations, tandis qu'il se glissait dans le lit derrière elle. Elle retint son souffle pendant que le matelas s'enfonçait sous son poids. Finalement, elle pivota et murmura :

— Je ne pense pas que le lit parvienne à supporter d'autres folies.

Il la dévisagea, surpris, puis éclata de rire.

— Je ne suis pas si lourd que ça, chuchota-t-il en protestant.

Elle rit, mais se leva d'un bond et examina le cadre du lit. Elle lui fit signe de se mettre debout.

— Lève-toi et aide-moi à soulever ce matelas, susurra-t-elle.

Obéissant, il descendit du lit et en examina le pied et la partie inférieure du cadre.

— Fissuré, constata-t-il silencieusement.

Il leva un doigt et montra une fêlure étrange dans le cadre. Il se pencha sur le pied du lit. Elle se précipita de l'autre côté du matelas pour y jeter un coup d'œil. Quelque chose était coincé là-dedans. Michael sortit ses outils.

— C'est sûrement la façon dont tu t'es assis, murmura-t-elle, un ton de flirt dans la voix.

Michael grommela.

— Bien sûr.

Elle sourit, cependant, ses yeux étaient perçants lorsqu'elle le regarda sortir des plaques d'identification.

La douleur lui traversa brièvement le visage.

Elle sut instinctivement qu'il s'agissait des plaques d'identification de Sammy. Et elle ne pouvait rien faire pour l'aider à traverser ce moment.

Il continua à fouiller avec ses outils, et une mince clé

USB tomba.

Il la ramassa et la posa avec les plaques, vérifia que la petite cachette était complètement vide, puis, aussi discrètement que possible, ils replacèrent le matelas et refirent le lit. Lorsqu'ils furent de retour sous les draps, il brancha la clé USB à son ordinateur portable pour voir ce que Sammy y avait enregistré.

Des photos.

Des photos de la grotte où Michael était allé ce soir-là, des hommes déchargeant des caisses d'armes et d'explosifs C-4. Sur la première, il y avait un type sur le côté, mitraillette à la main, vêtu d'un jean et d'un t-shirt noir. Le deuxième cliché montrait Freeman, le propriétaire du domaine, près d'un des camions ouverts et parlant à quelqu'un que Michael ne reconnaissait pas. On aurait dit que des paquets d'argent étaient échangés, mais la photo était prise de trop loin pour en être certain. Il étudia l'image.

Elle lui serra la main, sachant que Michael éprouvait également la perte de son ami.

Avec un regard brûlant dans les yeux, il se pencha pour l'embrasser. Pas simplement un baiser de type « Salut, comment ça va ? » ou « On va s'en sortir. » C'était un baiser du genre « Mon Dieu, j'ai hâte de te tenir dans mes bras et de te faire perdre le contrôle. » C'était assurément une promesse. Pour plus tard. Le problème, c'est qu'elle voulait cette promesse maintenant. Elle n'avait pas envie d'attendre.

Et si quelque chose lui arrivait, comme à sa sœur ? La vie était bien trop courte pour attendre de mieux connaître quelqu'un. Quelle hypocrite elle était. Elle désirait cet homme de toutes les façons possibles. En revanche, ce qu'elle ne voulait pas, c'était l'avoir tandis que quelqu'un écoutait. Décision prise, elle se glissa hors des couvertures et se rendit dans le salon.

Elle vérifia l'heure. Il était presque trois heures du matin. Elle s'approcha de la bouilloire, la remplit lentement d'eau, sans bruit. Elle devrait l'arrêter avant qu'elle ne siffle. Dans l'obscurité, elle regarda la lumière de la lune à l'extérieur. Un frisson glacial s'installa en elle. Elle ne pouvait pas oublier les gens qui avaient été dans la même situation et qui n'avaient pas survécu.

Il l'avait suivie hors de la chambre avec son ordinateur et avait presque fermé la porte juste avant qu'elle ne s'enclenche. Il s'assit à la table de la cuisine et ouvrit les autres dossiers trouvés sur la clé USB. Leur chargement complet sembla durer une éternité.

— Je savais que Sammy laisserait quelque chose d'utile, dit Michael doucement.

Enfin, le premier dossier s'ouvrit, et elle vit littéralement des dizaines de fichiers. Elle s'éloigna pour préparer du thé pour tous les deux. Avec deux tasses à la main, elle retourna à la table et s'assit à côté de lui, le cœur serré à la vue de la toute première image. C'était sa sœur. Une sœur plus heureuse, plus épanouie. Anna, dans les bras de Sammy, regardait l'objectif pendant que Sammy prenait un selfie d'eux deux.

— Oh, mon Dieu, murmura-t-elle. Je n'aurais jamais pensé avoir des photos récentes d'elle.

Michael passa un bras autour des épaules de Mercy et la rapprocha de lui. Elle déplaça sa chaise jusqu'à ce qu'ils se touchent, et elle se blottit contre lui. Elle essuya ses larmes en regardant la sœur qu'elle n'avait pas vue depuis douze ans.

— Elle a l'air si heureuse. Tellement différente de celle qu'elle était quand elle a quitté la maison, susurra Mercy.

— Ça arrive parfois comme ça, déclara Michael tandis

qu'ils poursuivaient leur conversation en chuchotant. Pense à cette époque. Elle avait probablement du mal à trouver sa place, elle cherchait sans doute autre chose que la vie que ta mère et toi représentiez. Elle s'est déchaînée, a dû se trouver, comprendre ce qu'elle faisait. Mais on dirait qu'elle y est parvenue, finalement.

— Et Sammy ? Comment il a l'air ?

Elle étudia l'homme sur la photo, son visage révélant une force de caractère.

— Il a l'air d'adorer ta sœur, indiqua Michael.

— C'est tellement injuste.

Mercy secoua la tête.

— Comment quelqu'un a-t-il pu les tuer ? Ils avaient toute la vie devant eux. Ils s'étaient enfin trouvés et semblaient promis à un bel avenir.

Michael opina du chef, son menton frôlant le sommet de sa tête.

— Sammy était un bon gars. Il aurait été bon pour Anna.

— Et elle aurait été bonne pour lui. Ça l'aurait aidée à vivre un peu.

Ils parcoururent plusieurs clichés, d'autres selfies – le couple en ville, sur le domaine et dans ce même appartement.

— Je me demande depuis combien de temps ils étaient ensemble, lança Michael.

— Je n'en ai aucune idée, murmura-t-elle. J'ai essayé de poser des questions à son sujet, mais personne n'a voulu me parler.

— La plupart des gens ne connaissent probablement pas les détails. Et ceux qui les connaissent ne parleront pas.

— Bien sûr que non.

Il y avait quelques photos d'Anna seule. Puis plusieurs de Sammy seul. À chaque fois, c'était dans un endroit différent. Michael et Mercy étudièrent les arrière-plans pour essayer de déterminer les lieux. Cependant, jusqu'à présent, ils ne mirent le doigt sur rien de significatif. Puis elle se figea.

— Est-ce que c'est la haie de cèdres ?

Il se pencha en avant et hocha la tête.

— Et celle-là est plus loin.

Il en tapota une autre.

— En arrière-plan, c'est l'entrepôt de stockage que j'ai trouvé.

Excités, ils passèrent en revue les images de ce dossier, puis ouvrirent le suivant. Celui-ci contenait des clichés du domaine et de chacun des agents de sécurité, tous encore employés ici. Une liste de leurs noms et des notes sur chacun d'eux se trouvaient également dans ce dossier.

— Pourquoi faire ça ? demanda Mercy.

— Procédure standard. Pour que tout le monde sache qui sont les acteurs dans une situation donnée. Juste au cas où…

Elle se sentit mal en se rendant compte que Sammy avait documenté sa propre affaire de meurtre, ayant pleinement conscience qu'il risquait de devenir une victime. Elle secoua la tête, les larmes aux yeux de nouveau.

— Pauvre Sammy. Pauvre Anna.

Michael entoura Mercy de ses bras et lui serra les épaules.

— Oui, maintenant, c'est à nous de veiller à ce que leur mort ne soit pas vaine. Il faut qu'on arrête ces enfoirés. Pour qu'ils ne puissent plus jamais faire ça.

LA DERNIÈRE CHOSE que Michael voulait, c'était dormir. Il avait une belle femme dans ses bras, une femme qui avait rapidement capturé son cœur. Elle était tellement loyale qu'il ne pouvait s'empêcher de l'admirer. Elle était aussi pleine de surprises. Comme lorsqu'elle avait enlevé sa chemise et l'avait jetée sur la caméra pour qu'il puisse sortir et explorer les environs. Elle l'avait aussi sauvé une fois de plus quand elle était sortie de la chambre, enveloppée dans le drap. Elle avait l'air ravissante. Elle était prête à faire ce qu'il fallait.

Elle se détacha lentement de lui pour poser sa tête sur ses bras croisés sur la table.

Il s'inquiétait pour elle. Elle fonçait tête baissée avant de réfléchir. Elle était vraiment préoccupée par la vie et la mort de sa sœur, mais elle allait devoir se retirer pour laisser l'enquête aux professionnels. Et il savait qu'elle n'en avait aucune intention.

La seule chose qu'il pouvait faire pour l'aider à rester en sécurité, c'était de trouver des réponses pour elle. Des réponses pour eux deux. Elle n'aimerait pas ça. Elle était plutôt du genre obstinée. Il sourit, constatant qu'il aimait bien l'obstination.

— Arrête de penser si fort. Tu m'empêches de dormir.

Son murmure ensommeillé l'avait surpris.

Elle avait la tête posée sur ses avant-bras sur la table. Il rit doucement.

— Dors pour ne plus entendre mes pensées.

— J'aimerais bien, mais ce n'est pas possible, murmura-t-elle.

— Réessaie.

Il lui caressa doucement les bras dans un mouvement apaisant et réconfortant. Elle portait toujours son soutien-gorge et sa culotte.

— Tu es sûre de vouloir garder ton soutien-gorge ? Tu ne dois pas être très à l'aise. Tu as froid ? Tu veux te changer ? Tes vêtements sont là.

— Je vais bien. J'ai pensé qu'il valait mieux garder ça sur moi, c'était plus prudent.

Il haussa un sourcil.

— Plus prudent ?

— Tu es un peu trop sexy. Je me suis dit que toute barrière, même fine, pourrait aider, le railla-t-elle avec un sourire en coin.

Il baissa la tête et déposa un baiser sur la courbe de son cou.

— Et toi, tu es beaucoup trop sexy même avec ça.

Il se leva et alla vers le canapé. Il enleva les coussins et déplia un lit, ce qui la ravit. Il la prit dans ses bras et l'allongea dessus.

Elle se tourna légèrement et leva ses paupières lourdes pour le contempler avec une passion dans son regard. Ses lèvres s'étirèrent en un sourire séduisant.

Cela lui serra le cœur. Il baissa la tête et l'embrassa sur la joue, puis sur le bout du nez.

— Dors, susurra-t-il.

— Le sommeil s'éloigne de plus en plus de mon esprit, chuchota-t-elle.

— Ce n'est pas bon, dit Michael en traçant des baisers le long de sa mâchoire. Tu as besoin de repos.

Elle glissa les bras autour de son cou, le tira plus près et murmura :

— Peut-être qu'on dormira un peu plus tard.

Puis elle l'embrassa. Contrairement à ses baisers, les siens n'étaient ni taquins ni lents.

Sa chaleur, son désir rejoignaient les siens, faisant monter la température. Il l'enlaça de ses bras, la tenant tout entière, pressant ses hanches contre les siennes.

Elle se blottit davantage contre lui, appuyant un peu plus fort contre son bassin. Il l'entendit prendre une profonde inspiration.

— Eh bien, ma belle, tu ne fais pas semblant.

Elle ricana.

— Alors, c'est quoi exactement, ça ? le taquina-t-elle.

Il lui adressa un sourire éclatant.

— C'est du sérieux.

Il baissa la tête et libéra la passion en lui.

Il s'efforçait de se contrôler alors que ses mains glissaient, le caressaient, l'enlaçaient, et que sa langue passait délicatement sur sa peau sensible. Ses baisers brûlants appuyaient contre son cou avec une ferveur qu'il reconnaissait – parce qu'elle correspondait à la sienne.

Elle l'embrassa encore et encore avec une chaleur qui le submergea rapidement. Il la pressa contre le matelas, leurs corps étaient brûlants, avides, impatients. Lorsqu'elle ouvrit les jambes et enroula ses cuisses fermement autour de ses hanches, il gémit, se retira et baissa la tête pour la poser contre son cou tout en respirant profondément.

— J'ai besoin de toi, chuchota-t-elle. Maintenant.

Il déclina.

— Je ne veux pas que ça se termine si vite.

Elle leva son menton pour le regarder dans les yeux.

— La prochaine fois, on prendra notre temps.

Il lâcha un juron lorsqu'elle fit glisser sa main vers le bas et l'enveloppa, avant de serrer. Il n'y avait plus de retenue possible, peu importe à quel point il souhaitait se contrôler. En quelques secondes, sa culotte était arrachée et son caleçon la rejoignit sur le sol.

Avec le peu de contrôle qu'il lui restait, il se tourna sur le côté et insinua une main entre ses jambes. Il la trouva chaude, humide, et plus que prête pour lui. Elle cria lorsqu'il explora sa peau délicate, répandant l'humidité sur ses lèvres extérieures. Elle se tordit sous lui, essayant de l'attirer sur elle. Enfin, elle lui attrapa les oreilles et le tira vers le bas afin de l'embrasser d'un baiser chaud et passionné.

Avec un grognement guttural, il se plaça sur elle et se mit en position. Elle enroula ses bras et ses jambes autour de lui, puis l'attira profondément en elle. Il resta immobile un long moment, et, avec un cri sauvage, il bougea. Il n'y avait rien de détendu ou de contrôlé dans ses mouvements. C'était une étreinte sauvage et frénétique, comme un élastique trop tendu qui se rompait soudainement.

Tout à coup, elle se contracta autour de lui, hurla et atteignit l'extase dans ses bras. Il la pénétra plus profondément – une fois, deux fois, trois fois – avant d'exploser. Épuisé, il se redressa sur son coude un long moment, avant de se coucher doucement sur le côté tout en restant en elle. Il posa sa tête sur l'oreiller, essayant désespérément de contrôler sa respiration.

Quand il le put, il s'allongea à côté d'elle, et elle se blottit dans ses bras. Dans le silence de la nuit, il murmura :

— Tu penses réussir à dormir maintenant ?

Il n'y eut pas de réponse. Il écouta sa respiration régulière et sourit.

Apparemment, elle arrivait à dormir sans problème.

Chapitre 16

S E RÉVEILLER DANS les bras de Michael était une expérience unique. Même en dormant, il l'entourait de ses bras pour la protéger. Son corps était enroulé autour du sien pour la garder en sécurité. Enveloppée dans son étreinte, elle souriait au monde, se demandant comment elle avait eu autant de chance. Elle n'avait jamais pensé trouver quelqu'un ici. Évidemment, elle ne l'avait pas cherché. Cependant, il y avait longtemps qu'elle n'avait plus personne dans sa vie. Et cela rendait cette rencontre d'autant plus spéciale.

Tout avait changé avec lui, et elle n'avait pas envie de le perdre. Il était temps de partir. Elle avait conscience qu'elle lui avait promis de partir ce matin-là, mais elle cherchait déjà un moyen de le faire changer d'avis. Toutefois, désormais, en se réveillant à ses côtés, elle se rendait compte à quel point la vie était précieuse. Faire l'amour avec Michael avait ravivé et confirmé son désir de poursuivre son existence, tout en honorant celle de sa sœur.

C'était étrange de constater qu'elle connaissait déjà cette vérité, mais la réalité ne s'était jamais vraiment imposée à elle comme à cet instant. Elle se blottit plus profondément dans ses bras et savourait le moment.

La lumière du jour filtrait à travers la fenêtre, c'était donc assurément le matin. Comme elle ne prévoyait pas de travailler, peu importait l'heure. Cependant, elle voulait éviter toute confrontation si possible. Elle devait également récupérer ses affaires et sa voiture.

Elle essaya d'atteindre son téléphone sur la table basse sans réveiller Michael. Quand elle se heurta à ses bras, il la serra contre lui et la tira contre son torse.

— Ce n'est pas déjà le matin, murmura-t-il.

Elle se tourna légèrement, se redressa et l'embrassa doucement sur les lèvres.

— Si, c'est le matin. J'ignore simplement quelle heure il est.

Ses paupières s'ouvrirent soudainement, et il la fixa dans les yeux avec un sourire chaleureux et accueillant. Il se pencha sur elle, l'immobilisant sous lui, et lui donna un baiser brûlant de bon matin. Puis il bondit hors du lit, la laissant haletante et en redemander.

Elle secoua la tête.

— Tu ne peux pas faire ça et t'en aller, tu sais ?

Son rictus était malicieux tandis qu'il attrapait son téléphone.

Elle observa son corps nu, aimant le jeu des muscles et des os sur un homme en pleine forme, en parfaite santé.

— Il est vraiment magnifique.

Il lui lança un regard surpris, et elle se rendit compte qu'elle avait parlé à haute voix.

Elle rougit légèrement, puis haussa les épaules.

— Pourquoi cacher la vérité ? Tu es superbe.

Il secoua la tête et consulta son téléphone.

— Il est un peu plus de six heures.

— Cela signifie qu'il est temps de se lever.

Il ouvrit son ordinateur portable, vérifia ses e-mails puis son téléphone pour voir s'il avait des messages. Il branla le chef puis murmura :

— Rien de personne.

Sa voix était résignée.

Elle comprenait ce sentiment. Ils voulaient des réponses. Ils voulaient de l'action. Ils voulaient quelque chose tout de suite. Et cela n'allait pas arriver.

Il se dirigea vers la cuisine pour préparer du café. Elle se leva et se rendit à la douche. Autant elle aurait aimé l'y entraîner avec elle, autant elle n'en avait pas le temps. Rien de tel que la lumière du jour pour lui rappeler le danger qu'ils couraient tous les deux. Surtout Michael, après que les gardes de sécurité étaient entrés dans son appartement la nuit précédente, sans prévenir. Toutefois, partirait-il avec elle ?

Mercy connaissait la réponse. Hors de question. Elle avait beau admirer cela, elle le détestait également. De retour dans la chambre, elle s'habilla rapidement.

Dans la cuisine, elle trouva Michael déjà vêtu, et il avait rempli deux tasses de café. Il lui tendit l'une d'elles et murmura :

— Je devrais aller chercher ta trousse de toilette tout seul.

Elle le considéra, surprise.

— Pourquoi ?

— Il n'y a personne dehors. Vu l'heure, il devrait y avoir du mouvement.

Elle secoua la tête.

— Je ne comprends pas. Quelle différence cela fait-il ?

— Un changement dans la routine. Quelque chose ne va pas.

Elle se dirigea vers une fenêtre et observa les environs immédiats du domaine. Il avait raison, elle ne voyait personne marcher ou conduire. Elle alla à l'autre fenêtre. Puis haussa les épaules.

— Il est tôt.

— Pas ici.

Sa voix était dure, il ne tolérerait aucune contradiction.

Elle décida que ce n'était vraiment pas un problème.

— Très bien. Elle est sur le comptoir.

Il lui adressa un grand sourire.

— Parfait. C'est ce que j'aime entendre.

Il termina son café d'un trait et déclara :

— Je serai de retour dans cinq minutes.

Il disparut par la porte de l'appartement et descendit les escaliers.

Elle le regarda depuis la fenêtre pendant qu'il se rendait à sa chambre. La porte de la maison était verrouillée. Intéressant. Il fit quelque chose et, en moins d'une minute, il était à l'intérieur. Elle ne pouvait plus le voir une fois qu'il fut entré, mais elle aperçut son ombre en haut des marches. Sa chambre était fermée à clé elle aussi, cependant, il s'en occupa en quelques secondes. Apparemment, il était très doué comme cambrioleur.

Elle le vit pénétrer dans la salle de bains, puis sortir avec sa trousse de toilette.

Quelques minutes plus tard, il s'arrêta à la fenêtre et la regarda directement. Elle fit un demi-signe de la main ; il inclina la tête en signe d'approbation et sortit de la chambre. Elle aperçut brièvement son ombre, puis il disparut de sa vue.

Alors qu'il était à la porte du bas, elle vit deux hommes s'approcher.

Merde ! Et maintenant ?

MICHAEL ÉTAIT SUR le point de sortir quand il pensa avoir

entendu des voix. Il recula rapidement derrière la porte fermée et attendit. Il avait bien entendu des voix.

— Qui a vérifié la sécurité ce matin ? demanda l'un des hommes.

— C'était le premier contrôle de Steve. On parie qu'il a foiré ça aussi ?

L'un des types grogna.

— Il a encore un boulot. S'il avait foiré, il ne serait pas ici en ce moment.

— Il a encore un boulot parce qu'on a des problèmes actuellement et qu'on a besoin de toutes les mains disponibles.

La porte fut poussée en grand, et les hommes montèrent l'escalier, occupés à se chamailler sur les problèmes de personnel. Lorsqu'ils furent à mi-chemin, Michael sortit par la porte avant qu'elle ne se referme complètement. Sachant que le temps était compté, il courut jusqu'à la porte de son appartement et dans les marches.

— Allez, on y va, lâcha-t-il dès qu'il la vit.

— Je dois parler à Martha et lui annoncer que je démissionne officiellement ?

Il secoua la tête.

— Pas le temps. On y va. Maintenant, insista-t-il sèchement.

Elle acquiesça et se précipita dans les escaliers. Ils partirent dans l'autre direction, et arrivèrent de l'autre côté du garage. Il se dirigea vers son pick-up, désactiva l'alarme et ouvrit la portière pour elle. Elle sauta à l'intérieur et s'assit.

Tandis qu'il marchait vers la portière du conducteur, quelqu'un l'appela par son nom. Il se retourna et vit l'un des agents de sécurité s'approcher pour lui parler.

— Où allez-vous ?

La voix de l'homme était empreinte de curiosité, mais il ne semblait pas agressif. Par conséquent, Michael répondit honnêtement :

— J'emmène la nouvelle femme de ménage en ville. Elle a démissionné ce matin.

Le garde ricana.

— Ça ne m'étonne pas.

Il baissa les yeux sur sa montre.

— À quelle heure commences-tu ?

— Pas avant sept heures et demie.

— Et sa voiture ?

Michael haussa les épaules.

— Elle est plutôt bouleversée en ce moment. Je ferai en sorte de la lui apporter plus tard.

Le sbire acquiesça.

— Vas-y et reviens à temps pour le travail.

— Ouais. Je n'ai même pas encore pris de petit déjeuner, dit Michael avec un sourire en coin. Je vais commander quelque chose à emporter et revenir.

L'homme sourit.

— Tu sais que ce genre de choses va te tuer.

Michael rit et répliqua :

— Toutes sortes de choses dans la vie peuvent me tuer.

Il ouvrit la portière du pick-up, inséra la clé, démarra le moteur et s'éloigna. Il jeta un coup d'œil à Mercy, affalée sur son siège. Lorsqu'il s'approcha du portail, celui-ci s'ouvrit pour lui. Il passa sans hésiter.

Chapitre 17

DÈS QU'ILS EURENT franchi le portail, Mercy se redressa et regarda autour d'elle.

— On a réussi à sortir ?

Elle détestait avoir prononcé cela avec tant de surprise. Bien sûr qu'ils avaient réussi ; Michael s'en était assuré. Elle frissonna. Elle ignorait totalement si quelqu'un la poursuivait déjà, toutefois, elle avait l'impression qu'ils s'en étaient tirés de justesse.

— Absolument. Ils n'ont aucune raison de te soupçonner de quoi que ce soit.

— Peut-être pas, mais il ne leur faudra pas longtemps pour faire le lien.

Il haussa les épaules.

— Mieux vaut que tu ne sois nulle part dans les parages quand ça explosera.

Elle ne pouvait qu'être d'accord. Sauf qu'une chose la dérangeait.

— J'ai besoin de ma voiture.

Il hocha la tête.

— Mais d'abord, il faut que tu t'éloignes d'ici.

— Facile à dire pour toi. J'ai un vrai travail que je dois reprendre. J'ai besoin de rentrer chez moi, de faire ma lessive et de reprendre ma vie en main. Cependant, j'ai besoin de ma voiture pour ça.

— Je sais. Toutefois, comme tu as encore des jours de congé, j'aimerais que tu passes quelques jours chez l'un de mes amis pour qu'on soit certains que, quand les choses s'envenimeront, ils ne puissent pas te retrouver.

— Quoi ?

Elle se tourna vers lui, surprise.

— Je ne veux aller nulle part ailleurs que chez moi.

Il se gara devant un café en ville et répliqua :

— C'est peut-être ce dont tu as envie, mais ce dont tu as besoin, c'est de rester en sécurité.

Michael stationna le pick-up sur le côté de l'établissement.

— Tu dois comprendre que ta maison n'est peut-être pas un endroit sûr.

Elle secoua la tête.

— Je ne veux pas entendre ça.

Il ouvrit sa portière et la conduisit à l'intérieur du café.

Ils se dirigèrent vers une table, et Michael dit :

— Quand tout cela sera fini, tu pourras retourner chez toi.

La serveuse s'approcha et demanda :

— Je vous sers quelque chose ? Un menu et un café ?

Michael acquiesça avec un sourire.

— Oui, s'il vous plaît.

Mercy s'affala sur sa chaise et le fusilla du regard.

— D'accord. Apporte-moi un café. Ça ne changera rien.

— Prendre un petit déjeuner ne changera pas grand-chose non plus, rétorqua-t-il d'une voix dure.

La porte s'ouvrit sur le restaurant, et un homme et une femme entrèrent. Mercy ne put s'empêcher de lever les yeux lorsque la sonnerie retentit. Michael jeta un coup d'œil au couple qui arrivait et opina du chef. La femme était remarquablement belle. Ils s'approchèrent de leur table et s'assirent à côté d'eux, surprenant Mercy. Instinctivement, elle se déplaça pour leur faire de la place.

La belle blonde regarda Mercy et se présenta :

— Bonjour. Je m'appelle Ice.

Mercy sourit.

— C'est un prénom très inhabituel.

Ice hocha la tête.

— Mercy n'est pas très commun non plus.

Elle haussa les sourcils.

— Vous savez qui je suis ?

Elle lança un coup d'œil à l'homme qui accompagnait Ice, qui avait des traits similaires : un grand blond avec la même attitude déterminée. Manifestement, ces deux-là formaient un couple.

— Vous travaillez avec Michael ?

— Non, mais nous espérons que Michael travaillera pour nous, répliqua-t-il avec un sourire.

Elle considéra Michael.

— Je ne savais pas que tu changeais de travail.

— Je ne change pas de travail. Une fois que cette histoire de domaine sera réglée, ils veulent m'embaucher.

Elle se tourna vers l'autre gars qui tendit la main.

— Je suis Levi.

Elle lui serra la main.

— Michael est très bon dans son boulot.

Ice éclata de rire.

— Pour l'être, il l'est. C'est pour ça qu'on le veut dans nos rangs.

Mercy pivota vers Michael.

— Pourquoi tu n'accepterais pas ?

Il la fixa d'un regard impassible.

Elle poursuivit malgré tout.

— Ce serait bien pour toi. Tu ne te sentirais pas aussi déraciné.

Il se pencha en avant en levant les sourcils.

— Comment pourrais-tu savoir que c'est mon ressenti ?

— Tu n'as eu aucun scrupule à tout laisser tomber pour enquêter sur la mort de Sammy, n'est-ce pas ? dit-elle d'un ton raisonnable. Quoi que tu faisais, tu ne l'appréciais pas autant que ce genre de boulot.

Il s'adossa et l'observa d'un air suspicieux.

Elle sourit.

— Et tu pensais que je ne remarquais pas les choses.

Après cela, la conversation dévia vers des sujets plus généraux, sans jamais aborder le désordre au domaine. Elle supposa que l'endroit était trop public pour ce genre de discussion.

Après le petit déjeuner, elle se leva et s'excusa pour aller aux toilettes. Elle se doutait que Michael veillerait à ce qu'elle parte avec Ice et Levi. Elle n'aimait pas beaucoup cette idée.

En sortant, elle trouva Ice qui l'attendait. Elle leva les yeux et vit l'expression sur son visage, ce qui confirma ses soupçons.

— Michael veut que je reste avec vous.

Ice hocha la tête.

— Ça te pose un problème ?

— Oui, dans la mesure où je ne souhaite aller nulle part sauf chez moi.

— Les choses au domaine vont s'envenimer très rapidement, dit Ice. Tant que tu es en sécurité, Michael est en mesure de se concentrer sur sa mission. Ça fera une énorme différence dans sa capacité à atteindre le meilleur de ses performances.

— N'importe quoi.

Ice la dévisagea avec surprise.

— Michael est dévoué et concentré. Il fera le job.

— Bien sûr qu'il le fera.

Ice adressa à Mercy un sourire d'approbation.

— Cependant, il tient beaucoup à toi. La dernière chose dont nous avons besoin, c'est qu'il s'inquiète à propos du risque que quelqu'un te cherche dans ton appartement. Si tu restes avec nous les prochains jours, il saura que tu es en sécurité.

— Est-ce vraiment si simple ? Comment sauraient-ils où j'habite ?

— Comment as-tu été payée ?

Mercy fronça les sourcils.

— Par la voie habituelle.

— Exactement. Une fois qu'ils ont tes coordonnées bancaires, ils peuvent facilement retrouver ton adresse.

Mercy se rendit compte qu'elle avait été imprudente. Elle aurait dû demander à être payée en espèces. Cela ne lui était jamais venu à l'esprit. Et Ice avait raison. Ils découvriraient où elle vivait.

— D'accord. Dans ce cas, je suppose que je vais passer quelques jours avec vous.

Ice lui adressa un large sourire.

— Ce n'est pas un fardeau, je te l'assure.

Mercy rit.

— Non, mais je ne suis pas à l'aise à l'idée de laisser Michael seul dans la tanière des malfaiteurs.

— Il ne le sera pas. Une grosse opération est en cours en ce moment. Michael n'est que la partie émergée de l'iceberg.

— Bien.

Elle se sentit beaucoup mieux en entendant cela. Elle

retourna à la table et lança à Michael :

— J'ai toujours besoin de ma voiture.

Il secoua la tête.

— Ne t'en fais pas pour ça pour le moment. Je m'en occuperai. Je dois retourner au travail à sept heures et demie. Alors, vas-y.

Elle le fusilla du regard, puis céda gracieusement, tirant ses clés de voiture de son sac à main et les jetant sur la table devant lui.

— Prends soin de toi, murmura-t-elle.

Il passa un bras autour d'elle et la conduisit dehors, sous le soleil du matin. Les deux restèrent là, les bras enroulés l'un autour de l'autre. Elle leva la tête pour voir son visage et, avec un sourire courageux et le cœur serré, elle demanda :

— Alors, c'est un adieu ?

Il secoua la tête.

— Absolument pas. Je te retrouverai chez Ice et Levi dans quelques jours.

Elle étudia son visage, cherchant la vérité, constatant qu'il pensait ce qu'il disait. Quelque chose se calma profondément en elle. Elle sourit et acquiesça.

— Bien.

Tandis qu'elle se retournait pour s'éloigner, elle aperçut un éclat derrière lui. Elle réagit instinctivement en se jetant sur lui, le faisant tomber au sol. Il chuta sur le trottoir. Un bruit sec fendit l'air. Elle fut projetée par terre, puis abandonnée. Ce fut la dernière chose qu'elle perçut avant que tout ne devienne noir.

MICHAEL TENDIT UNE main pour maintenir Mercy au sol. Il ne comprenait toujours pas ce qu'il s'était passé. Cependant, il avait entendu le coup de feu, et il était hors de question qu'elle ait une autre chance de le sauver.

— Mercy, reste couchée.

Elle ne répondit pas. Elle s'était effondrée sur le sol, les yeux fermés.

C'est alors qu'il vit le sang couler de son épaule. Il lâcha un flot d'injures en se rendant compte qu'elle avait été touchée.

Il arracha le t-shirt de son épaule, révélant une petite plaie par balle. Il la roula doucement vers lui pour voir s'il y avait un orifice de sortie, mais il n'y en avait pas. La balle s'était probablement logée dans son omoplate. Maintenant, elle allait se retrouver aux urgences, et non chez Ice et Levi.

Sous la protection de Levi, Michael la souleva et courut jusqu'à son véhicule. Avec l'aide de Ice, ils appliquèrent des compresses sur la plaie et l'enveloppèrent du mieux qu'ils pouvaient pour ralentir l'hémorragie. Ils l'installèrent avec une ceinture de sécurité autour d'elle. Michael sauta derrière le volant et sortit du parking à toute vitesse avec Mercy, laissant Ice et Levi gérer du mieux possible les lieux de l'agression.

Aucun d'eux n'avait aperçu le tireur. Levi était parti à sa recherche, mais n'avait pas mis la main dessus. Il avait peut-être disparu pour l'instant, cependant, il ne pourrait pas se cacher éternellement. Michael le retrouverait bientôt. En attendant, il emmena Mercy à l'hôpital le plus proche, situé seulement à quelques rues ; par conséquent, il n'avait pas pris la peine d'appeler une ambulance. Il arriverait bien plus vite par ses propres moyens.

Il se gara sur le parking des urgences. Plusieurs infirmiers traînaient aux alentours. Michael sollicita leur aide. Lorsqu'ils virent l'épaule ensanglantée de Mercy, l'un d'eux courut chercher un brancard. En quelques minutes, elle fut poussée vers l'entrée de l'hôpital. Michael la suivit de près.

Elle fut emmenée directement dans un box dans lequel il n'eut pas le droit d'entrer. Il resta devant la porte, frustré et en colère, jusqu'à ce qu'une infirmière lui dise :

— Nous avons besoin de vous pour les papiers.

— Bien sûr.

Il la suivit jusqu'au bureau des admissions. Elle souleva un paquet de lingettes pour bébé et désigna ses mains d'un geste. Il en prit plusieurs et essuya le sang de Mercy sur ses mains.

— Commençons par son nom et son adresse.

Essayant de se reconcentrer, il donna à l'infirmière les informations nécessaires.

— Que s'est-il passé ?

— Elle a été blessée par balle sur le parking du restaurant où nous avions pris le petit déjeuner.

Les questions continuèrent. Il fallut encore dix minutes pour remplir tous les renseignements. En ce qui concernait l'assurance de Mercy, il grimaça.

— Je ne suis pas sûr. Je suppose qu'elle est couverte par son employeur. Elle est en congé en ce moment.

La femme opina du chef.

— Elle devrait se réveiller bientôt, je lui demanderai.

Il secoua la tête.

— La balle est encore à l'intérieur. Ils devront peut-être l'opérer.

— Laissez-les faire leur travail.

Il était d'accord avec ça. Toutefois, à cet instant, debout et se balançant d'un pied sur l'autre, puis marchant de long en large, il ne cessait de regarder en direction du couloir des urgences où Mercy avait été emmenée.

Ice aurait été capable de retirer la balle et de soigner cette blessure. Ensuite, il y avait son père, un médecin qui possédait un hôpital – mais en Californie, pas au Texas.

Son esprit s'emballait de pensées en tous sens.

Enfin, l'infirmière termina la paperasse, et Michael fut invité à s'asseoir. Il se dirigea vers la salle d'attente et préféra marcher au lieu de s'asseoir.

Quand le médecin sortit, il fit signe à Michael.

— Elle est partie dans le service de chirurgie pour qu'on lui retire la balle de son omoplate. Elle devrait très bien s'en remettre.

Michael acquiesça.

— Toutes les blessures par balle doivent être signalées. J'ai le nom d'un détective. Peut-être pourriez-vous le contacter ?

Il sortit son portefeuille et tendit la carte du policier au médecin.

— Tout est lié à l'affaire sur laquelle il enquête.

Le praticien hocha la tête et s'éloigna, la carte à la main.

Michael sortit son téléphone et envoya un message au détective pour le tenir au courant. Puis il fit de même avec Levi.

Il se rendit dans la salle d'attente du service de chirurgie. Il espérait que l'opération ne durerait pas trop longtemps, même s'il avait conscience qu'elle resterait forcément hospitalisée pour la nuit ensuite. Tandis qu'il s'installait pour attendre, son portable sonna. C'était son patron, Bruce.

— Où es-tu ?

Michael grimaça, se rendant compte qu'il n'avait pas appelé le domaine pour prévenir de son absence. Il le mit rapidement au courant, disant qu'il attendait que Mercy sorte de son opération. Un silence étrange régna en arrière-plan, et il entendit le moteur d'un véhicule démarrer.

— Reste là-bas, Michael. Si tu pouvais venir à midi, ce serait bien. Travaille sur les plates-bandes à l'avant aujourd'hui.

Michael opina du chef.

— C'est noté.

Il posa le téléphone sur la table à côté de lui et le fixa du regard. C'était la première fois que son patron le contactait. Cela étant, c'était aussi la première fois qu'il ne s'était pas présenté au travail. Cette matinée avait été particulièrement éprouvante. Si seulement Mercy ne l'avait pas poussé hors de la trajectoire de la balle. Pourtant, dans le cas contraire, il aurait sûrement été touché en pleine poitrine et serait probablement mort.

Il continua à vérifier son portable, espérant que Levi avait des nouvelles. Il était hors de question qu'il parte avant qu'elle ne sorte de la salle d'opération. C'était le moins qu'il puisse faire. L'autre partie de son esprit luttait contre cette évidence. Elle n'était même pas réveillée. Elle ne se réveillerait pas avant des heures. *Va travailler. Appelle-la quand tu auras fini.*

Il secoua la tête.

— Hors de question.

Chapitre 18

MERCY ÉMERGEA DANS un brouillard de confusion et de souffrance. Elle se retourna dans le lit et poussa un cri lorsqu'une douleur brûlante lui transperça l'épaule. Gémissant, elle se remit sur le dos et s'éveilla complètement, haletant pour reprendre son souffle. Sa main se dirigea automatiquement vers son épaule.

Ses doigts, au lieu de toucher une peau lisse, rencontrèrent des bandages de gaze qui semblaient recouvrir la moitié de sa poitrine. Lorsqu'elle ouvrit de nouveau les yeux, elle vit un plafond blanc, des murs blancs et un rideau blanc autour de son lit. Elle geignit doucement et referma les paupières. Elle était à l'hôpital.

Elle chercha dans son esprit, essayant de comprendre ce qu'il s'était passé. Elle se souvenait du petit déjeuner avec Michael…

Aussitôt, la peur monta. Si elle était blessée, quid de Michael ?

Elle ouvrit les yeux, se redressa péniblement et regarda autour d'elle. Toutefois, il n'y avait que son lit dans l'espace entouré d'un rideau. Elle ne savait pas s'il était là ou non.

— Michael ?

Elle envisagea de quitter son lit, mais aperçut les tubes dans ses bras. Doucement, elle se recoucha, continuant à reconstituer les morceaux du puzzle dans son esprit.

Quand cela avait-il eu lieu ? Elle se rappelait sa rencontre avec Levi et Ice, le fait qu'elle avait accepté de rester avec eux quelques jours. Ils avaient quitté le restaurant, et elle avait cru apercevoir quelque chose. Elle ignorait toujours pourquoi elle avait sauté vers Michael pour le repousser en arrière, mais elle l'avait fait. Et c'était tout ce dont elle se souvenait.

Elle observa le grand pansement sur son épaule. Avait-elle été heurtée par une voiture ? Cependant, cette hypothèse ne collait pas, car le reste de son corps n'était pas endolori. Même si elle ne se sentait pas bien du tout. Elle avait l'impression d'être un morceau de barbaque malmené par un attendrisseur à viande. Ou peut-être une pâte à pain lourdement pétrie. Tout lui faisait mal. Et sa tête était embrumée.

Puis elle se rappela le reflet au loin. Elle avait été blessée par balle. Cela devait être ça. Elle avait poussé Michael et pris la balle à sa place. Merde !

Elle n'était toujours pas sûre. Comme personne n'était là pour le lui confirmer, elle ne pouvait pas en avoir le cœur net. Et elle ne comptait pas tripoter son épaule pour comprendre ce qui lui était arrivé.

Elle remarqua le bouton d'appel près de son lit, mais qui appeler à part Michael ? La paix et le calme de l'hôpital, la sécurité relative, du moins à ce stade de sa vie, devaient être savourés. Puis une porte s'ouvrit. Elle ne savait pas si elle était dans une chambre ou aux urgences. Des pas se dirigèrent vers elle. Elle attendit, scrutant à travers ses cils. Une infirmière apparut après avoir tiré le rideau, et s'approcha de son lit.

Celle-ci lui jeta un coup d'œil et sourit.

— Vous vous réveillez, n'est-ce pas ? C'est bon signe.

Mercy ne savait pas comment elle avait deviné qu'elle se réveillait, mais elle abandonna la feinte et ouvrit lentement les paupières. Elle jeta un coup d'œil autour d'elle et constata qu'elle était dans une chambre individuelle.

— Que s'est-il passé ? murmura-t-elle.

La soignante releva un peu le matelas, puis tendit un grand verre d'eau avec une paille. Reconnaissante, Mercy avala plusieurs gorgées du précieux liquide, sentant la sécheresse de sa gorge s'atténuer.

— Essayez de ne pas boire trop vite la première fois.

Mercy ralentit, prenant de petites gorgées. Lorsqu'elle eut terminé, l'infirmière reposa le verre sur la table.

— Vous avez été blessée par balle. Mais ne vous inquiétez pas. Elle s'est logée dans l'os de votre épaule, et vous avez subi une intervention chirurgicale pour la retirer. C'est pour ça que vous avez probablement l'impression d'avoir été passée à tabac.

Mercy ne savait pas quoi dire, mais les faits correspondaient à ses souvenirs.

— Est-ce que Michael va bien ?

— Est-ce votre petit ami ?

Mercy acquiesça.

L'infirmière répondit avec un sourire :

— Alors, je suppose que c'est le lion en cage qui arpente le couloir dehors, attendant que vous vous réveilliez. Il a essayé de venir, cependant, comme il n'est pas de la famille, nous ne pouvions pas le laisser entrer. Vous allez rester ici au moins un jour ou deux, donc détendez-vous.

L'infirmière s'affaira à vérifier la tension artérielle de Mercy, sa température, puis elle nota des informations sur sa tablette.

Mercy l'observa en silence. La dernière chose qu'elle souhaitait était de rester ici, mais en même temps, si elle était en sécurité et si Michael confirmait que le cauchemar était terminé, c'était peut-être une bonne idée. Elle devait bien aller quelque part.

Et elle voulait vraiment voir Michael.

— Puis-je voir Michael maintenant ?

L'infirmière leva les yeux, évalua son expression et sourit.

— Je vais le laisser entrer dans une minute.

Elle sortit.

Mercy espérait que les examens étaient terminés. Son épaule la lançait vraiment. L'infirmière n'avait pas vérifié le pansement, mais elle remarquait que du sang frais s'infiltrait à travers la gaze. Elle n'avait aucune idée du moment où elle avait reçu ses derniers antidouleurs.

Puis l'infirmière revint avec des médicaments. Mercy sourit de soulagement.

— Je pensais justement à quel point la douleur commençait à s'intensifier.

L'infirmière hocha la tête.

— Je vais jeter un coup d'œil rapide à la plaie après que vous aurez pris les antidouleurs.

Malheureusement, il ne s'était pas écoulé suffisamment de temps pour que la nouvelle dose fasse effet, et la douleur fut terrible lorsque le pansement fut délicatement retiré de son épaule, la plaie nettoyée et un nouveau bandage posé. Elle était couverte de sueur, tout son corps tremblait. La dernière chose qu'elle voulait était de recevoir de la visite. Elle ne voulait pas non plus que Michael la trouve dans cet état. D'un autre côté, elle était plutôt désespérée de le voir. Elle aurait aimé être tenue dans ses bras, ne serait-ce qu'un instant.

La soignante lui tapota doucement la main et dit :

— Je vous laisse quelques minutes, puis je le ferai entrer.

Mercy ne savait pas quand les quelques minutes étaient

passées, car elle était trop occupée à gérer les vagues de douleur qui l'envahissaient. Lorsqu'elle le put, elle prit plusieurs respirations profondes, repoussant le martèlement.

Lorsqu'elle ouvrit les yeux, elle vit Michael debout à côté d'elle. Elle lui adressa un petit sourire et déclara :

— Si j'avais eu le choix, je pense que j'aurais préféré rester avec Levi et Ice.

Il laissa échapper un petit rire et murmura :

— Sans aucun doute. Mais tu as préféré jouer les héroïnes à la place.

Elle secoua légèrement la tête.

— Je ne suis pas une héroïne.

Il tendit la main pour lui tenir la sienne.

— J'ai une nouvelle pour toi. Quand tu pousses quelqu'un hors de la ligne de tir et que tu prends la balle à sa place, ça fait de toi une héroïne.

Il lui caressa doucement le dos de la main.

— Dans ce cas précis, ça fait de toi mon héroïne.

Elle sourit.

— Non. Tu es l'un des gentils qui partent sauver le monde.

— J'étais l'un des gentils. Ce n'est plus ce que je fais.

Elle ouvrit grand les yeux et le scruta.

— Mais tu pourrais. C'est ce que tu es au fond de toi. Refuser l'offre de travail de Levi reviendrait à renier une part essentielle de toi.

Il l'observa longuement, puis tira une chaise pour s'asseoir à côté d'elle.

— Tu ne me connais pas assez pour affirmer ça.

Elle le dévisagea.

— Si, je te connais.

Sa phrase ne souffrait aucune contestation.

— On en a déjà parlé. Tu n'aimes peut-être pas penser que quelqu'un soit à même de te comprendre, mais ça ne veut pas dire que ce n'est pas le cas. Levi et moi te comprenons certainement. Et lui te connaît mieux que moi.

Il pinça les lèvres.

— Levi me connaît, et je connais Ice depuis un moment, mais je ne peux pas affirmer que nous sommes de très bons amis.

— Cela te gênerait-il que Levi veille sur toi ?

Il secoua la tête.

— Cela te gênerait-il que Ice veille sur toi ?

Michael renifla.

— Je pourrais leur confier ma vie tout en sachant qu'ils feraient tout pour me garder en sécurité.

Elle sourit.

— Que veux-tu savoir de plus ?

Il soupira.

— Cela impliquerait de déménager.

— Mais ils sont ici, à Houston, non ?

— J'habite à deux heures d'ici. Et ils sont à quarante-cinq minutes de route.

— Ce serait un déménagement difficile ?

Il fronça les sourcils.

— Je n'ai pas envie de vivre dans le complexe. Je veux avoir mon propre terrain.

— Alors, vends le tien et rapproche-toi. Ou ne le vends pas et loue-le, et achète un autre bien. Ou loue un autre logement, ou essaie le complexe.

— Ce n'est pas si simple, protesta-t-il.

— Bien sûr que ce n'est pas simple, toutefois, ce n'est pas si difficile non plus. Cela dépend de ce que tu souhaites faire de ta vie.

— C'est ce que je faisais avant, mais j'ai tourné la page. Je ne suis pas sûr de vouloir m'y replonger.

— Et c'est une décision que toi seul peux prendre.

Elle sourit.

— Ce serait dommage que tu gâches ton talent.

Il renifla.

— Que vas-tu faire après avoir récupéré de ta blessure ? Il faut que tu appelles ton travail pour les prévenir.

Elle haussa les épaules.

— Non, c'est inutile. J'avais posé trois semaines de congé, tu te rappelles ?

— Dont tu as déjà utilisé neuf jours. Es-tu prête à reprendre ce même boulot ? Après ce que tu as vu du monde ? L'autre côté du monde ? demanda-t-il.

Elle l'observa longuement.

— Peut-être. Ce n'est pas comme si c'était un travail que je me sentais obligée de faire. Cependant, c'est un job, et il faut bien en avoir un.

Il acquiesça.

— Si je déménage chez Levi, je serai plus proche de toi.

— Et c'est une bonne chose. N'est-ce pas ?

Elle le regarda intensément. Que voulait-il dire ? Elle voulait qu'il agisse dans son propre intérêt, mais elle n'avait pas envie de le perdre.

Il se recula, lui lâcha la main et croisa les bras sur sa poitrine.

Elle sourit.

— En matière de langage corporel, cela signifie que tu t'éloignes d'un sujet sensible.

— Je n'aime pas discuter de ces choses-là, marmonna-t-il en la fixant du regard.

À cela, elle éclata de rire.

— Personne ne t'a demandé de discuter de quoi que ce soit. Ça nécessite seulement une réponse simple par oui ou par non.

Il la dévisagea intensément pendant un long moment, puis répondit :

— Oui.

Une chaleur l'envahit.

— Bien. Vas-y. Ça n'affectera pas notre relation. De toute façon, je vis à Houston.

Son sourire s'effaça. Elle l'observa attentivement.

— Cependant, je pense qu'on va un peu trop vite.

— Une des raisons pour lesquelles je suis bon dans ce que je fais, c'est parce que j'aime planifier.

Elle le considéra avec étonnement.

— Planifier, c'est une chose. Planifier une relation, ce n'est pas tout à fait pareil.

— Je prévois de passer du temps avec toi.

Il lui lança un regard neutre.

— Si tu es intéressée.

— Oui.

Après un moment de silence, elle eut un petit glousse-ment.

— Écoute-nous. Aucun de nous n'est particulièrement ouvert.

Il haussa les épaules.

— Nous nous ouvrons autant que nécessaire. Le reste est accessoire.

— Que dirais-tu de me sortir d'ici ? suggéra-t-elle avec un sourire taquin. Afin que nous puissions poursuivre ce voyage relationnel en privé.

Il lui offrit un sourire lent, avec un éclat dans les yeux.

— J'espérais que tu serais libérée avant la tombée de la

nuit. Pour peut-être passer la nuit ensemble, mais, d'après le médecin, cela n'arrivera pas.

Elle fronça les sourcils.

— Peut-être devrions-nous demander un second avis, proposa-t-elle avec espoir.

Il éclata de rire.

— Non, ça n'arrivera pas. Ta santé passe en premier.

— Ma présence dans tes bras est aussi bonne pour mon âme que le fait de rester à l'hôpital l'est pour mon corps.

Il lui lança un regard surpris.

— C'est gentil de ta part de dire ça.

Elle lui sourit lentement et ajouta :

— Je le pense vraiment.

Puis la porte s'ouvrit, et un homme en blouse blanche entra. Il leur jeta un coup d'œil et demanda :

— Comment va la patiente ?

Elle lui sourit.

— Très bien. Nous discutions de la possibilité que je sois autorisée à sortir aujourd'hui et à passer la nuit avec lui pour qu'il veille sur moi.

Le médecin désapprouva.

— Pas après une opération. Nous devons vous garder en observation au moins une nuit.

— Très bien.

Elle se renfonça dans son lit, sérieusement peu impressionnée par cette réponse tranchante.

Leur conversation se poursuivit encore un moment à propos de l'endroit où elle irait une fois sortie et du fait qu'elle aurait besoin d'une rééducation et de soins continus, à moins que son propre médecin puisse s'en charger.

Une fois que le docteur fut parti, elle se sentit de nouveau fatiguée. Elle secoua la tête.

— Comment puis-je être fatiguée ? Je viens de me réveiller.

Michael sourit, se pencha et lui donna un baiser sur la joue.

— Dors, ma chérie. Simplement, dors.

Elle lui adressa un sourire endormi, se recroquevilla, tenant toujours sa main, et ferma les yeux. Elle s'assoupit en quelques secondes.

MICHAEL ATTENDIT D'ÊTRE sûr qu'elle s'était bien endormie. Puis il attrapa son téléphone portable et sortit dans le couloir. Il envoya rapidement un message à Levi pour lui donner des nouvelles. Lorsque le téléphone sonna quelques secondes plus tard, il savait qui c'était.

— Remets-toi dans le bain, dit Levi. Nous allons la garder en sécurité. En revanche, tu dois y retourner et tout mettre en place.

Michael grogna.

— Je sais. Mon patron, Bruce, m'attend à midi.

— Eh bien, devine quoi ? Tu es en retard.

Levi raccrocha.

Il fixa son téléphone des yeux en ayant conscience que Levi avait raison. Il était en retard. Il appela Bruce pour faire le point.

— Je prends la route.

— Tant mieux, le travail s'accumule, fut sa seule réponse.

Au moins, Michael n'avait pas été renvoyé. De retour dans la chambre de Mercy, il écrivit une petite note sur un calepin, qu'il laissa à ses côtés. Puis il sortit, monta dans son pick-up et se dirigea vers le domaine. Il s'était passé beaucoup de choses, et pourtant ce n'était pas suffisant. Il devait jouer le jeu encore un peu.

Il eut du mal à se concentrer sur la route. Il s'inquiétait de laisser Mercy derrière lui, même s'il avait reçu un message de Ice, confirmant qu'elle était à ses côtés. Au moins, il pouvait maintenant cesser d'être anxieux à ce sujet.

Lorsqu'il entra par le portail, l'un des agents de sécurité leva la main et lui fit un signe. Michael lui rendit son salut, se gara devant son appartement et se mit au boulot.

Il attrapa la brouette et se plongea dans les tâches banales de désherbage et de ratissage des plates-bandes à l'avant. Il ne savait pas exactement ce qu'il devait faire ensuite, mais imaginait que Bruce le contacterait bientôt.

Environ vingt minutes plus tard, son patron s'approcha de l'endroit où il travaillait. Ils parlèrent de quelques choses non essentielles, puis Bruce lui remit une liste de tâches.

— Nous avons plein de clients qui arrivent, et le propriétaire souhaite que les cèdres le long de l'allée soient éclaircis.

Michael regarda la longue rangée de conifères avec surprise.

— Tous ?

Bruce hocha la tête.

— Il envisage de tous les abattre pour améliorer la visibilité le long du chemin.

— Ce serait dommage. Je vais enlever tout le bois sec. Les cèdres sont connus pour avoir plein de branches et de feuilles mortes à l'intérieur. Cela fera une énorme différence si je parviens à nettoyer tout ça.

Son patron acquiesça.

— C'est ton objectif pour le reste de la journée.

Et sur ce, il s'éloigna.

Michael gardait un œil vigilant, mais distant. Personne

ne s'approcha de lui pendant qu'il travaillait. C'était une tâche lente, chaude et poussiéreuse. Les arbres étaient denses et n'avaient probablement pas été éclaircis depuis une éternité. Il les ouvrit délicatement, les secoua, nettoya tout ce qu'il pouvait, prit le souffleur et balaya tous les débris à l'intérieur des conifères.

Trois heures s'étaient écoulées, et il ne s'était occupé que de neuf arbres sur les trente au moins présents le long de cette allée. Il serait ici toute la journée du lendemain.

En travaillant sur le cèdre suivant, il brisa une énorme pile de bois mort à éliminer, et eut besoin de la remorque pour collecter tous les débris. Il marcha vers l'utilitaire, monta dedans et recula vers la remorque. Il l'attela et se dirigea ensuite vers le chemin.

En s'approchant de la haie, il entendit des cris derrière lui. Il freina brusquement, s'arrêta et sauta dehors.

— Quel est le problème ? hurla-t-il.

Deux gardes se précipitèrent vers lui.

— Tu ne peux pas entrer dans cette zone.

Il s'arrêta et les regarda, surpris. Puis il jeta un coup d'œil le long de l'allée et dit :

— D'accord.

Il haussa les épaules comme s'il s'en moquait. Il désigna toutes les piles de bois taillé placées devant chacun des cèdres qu'il avait nettoyés.

— Je n'allais que jusque-là de toute façon, pour ramasser les branches.

Les hommes jetèrent un œil entre lui et le véhicule, puis jusqu'aux tas et hochèrent la tête.

— Je vais laisser deux gardes ici avec toi, déclara l'un d'eux.

Il pivota lentement et marcha sur environ huit mètres. Il

dévisagea Michael et l'avertit :

— Assure-toi de ne pas dépasser les cèdres.

— Comme tu veux.

Michael prit le râteau et chargea la première pile.

La remorque était remplie à plus de trois quarts au moment où il eut nettoyé les branches taillées jusque-là. Il examina la capacité de la remorque et décida qu'il pouvait encore élaguer quelques arbres supplémentaires. Il préférait effectuer le moins de voyages possible à la déchetterie.

Il se dirigea vers le conifère suivant et commença. Il ignora les deux hommes debout au bord de la route. Il était également surpris qu'ils soient si visibles. Il espérait qu'ils feraient un mouvement. La rage contre ce qu'ils avaient infligé à Mercy le rongeait. Il gardait le contrôle, cependant, s'ils lui donnaient une raison de briser sa couverture...

Il tailla deux autres cèdres, jurant et râlant contre les branches irritantes qui le grattaient et provoquaient une éruption cutanée. Il chargea tout dans la remorque, puis prit le balai pour nettoyer une partie des débris les plus fins, bien qu'il ne puisse pas faire grand-chose à cause du gravier qui recouvrait le chemin. Il ramassa ce qu'il put sur une bâche qu'il vida dans la remorque, puis qu'il déposa sur le tas.

Il l'attacha et annonça :

— Je vais à la déchetterie maintenant. Quelqu'un vient avec moi ?

Les deux gardes se considérèrent, puis Robert, qui l'avait accompagné la dernière fois, se manifesta :

— Oui, moi.

En contournant le van, il s'installa sur le siège passager. Michael pointa devant lui.

— Puis-je emprunter ce chemin et faire demi-tour ?

Robert secoua la tête.

— Non, ce n'est pas permis. Recule.

Jurant sous son souffle, Michael pivota sur son siège, recula et conduisit lentement la remorque le long de la route. Il avait beaucoup d'expérience de conduite de camions et de remorques, mais espérait avoir la chance d'aller plus loin et de faire demi-tour. Toutefois, bien sûr, ils ne le lui avaient pas autorisé. Quand il eut enfin opéré son demi-tour, désormais dans la bonne direction, il se dirigea vers le portail principal et sortit.

— Cela doit être une sacrée entreprise si cela demande autant de préparatifs.

— Peu importe que ce soit le cas ou non, rétorqua Robert. Ce ne sont pas tes affaires.

— C'est juste, répondit Michael.

Il conduisit en silence pendant le trajet de vingt minutes, plus long qu'à l'accoutumée en raison de la circulation intense. Quand ils arrivèrent à la zone de compostage de la déchetterie, Michael tourna le camion et le recula jusqu'au bord d'un énorme trou. Une fois arrêté, il ouvrit la portière, sauta à l'arrière de la remorque et râtela les branchages. C'était encore un travail chaud et poussiéreux. Heureusement, il était habitué aux tâches manuelles.

Quand il remonta dans l'habitacle, Robert n'avait pas bougé. Mais il était sur son téléphone. Michael reprit la route vers le domaine.

— C'est l'heure d'une bière fraîche, dit-il pour lancer la conversation.

Robert renifla, posant son portable.

— J'ai encore plusieurs heures de boulot. Pas de bière pour moi.

— Je vais boire pour toi, lâcha Michael en riant. C'était un travail assez chaud et merdique aujourd'hui. J'ai hâte.

Il arriva au portail, mais un véhicule sortit juste devant lui. Il freina brusquement.

L'autre conducteur lui fit un doigt d'honneur et s'en alla.

Un SUV noir avec des vitres teintées. Parfait pour la discrétion. Très suspect. En réaction à cet acte, Michael murmura :

— Connard.

Robert renifla.

— Sans blague. La plupart de ces gars sont des connards.

Un cri retentit de l'autre côté.

Robert secoua la tête en désignant le parking.

— Ils m'appellent. Je dois y aller.

Il ouvrit la portière.

Avant que Michael n'ait eu le temps de s'arrêter complètement, le garde était déjà sorti et s'était dirigé vers les autres véhicules en courant. Robert sauta sur le siège avant de l'un d'eux, et ils quittèrent la propriété à toute vitesse. Michael conduisit lentement vers l'arrière où il gara l'utilitaire. Il prit le téléphone de Robert qui s'était coincé entre les sièges après que Michael avait freiné et le mit dans sa poche. Il disposait d'un peu de temps pour passer en revue son contenu avant de devoir le recacher dans le véhicule. Une fois que Robert se rendrait compte qu'il n'avait plus son portable, il reviendrait immédiatement le chercher dans la camionnette.

Michael se précipita à l'intérieur et monta à l'étage. Bientôt, il fut enfermé. Il était pressé, mais il ne pouvait pas négliger pour autant la fouille de son appartement en quête d'autres appareils électroniques. Dès qu'il eut fini, il copia tous les contacts de Robert sur son propre téléphone. Puis il sauvegarda l'historique des textos. Il devait s'assurer qu'il n'y ait aucune trace de son intrusion par la suite.

Le déverrouillage du portable fut un jeu d'enfant. Au

lieu de créer un schéma de balayage complexe, Robert avait utilisé un schéma de balayage simple. Michael l'avait vu le tracer plusieurs fois quand il était dans le véhicule, donc cela ne posait pas de problème. Maintenant qu'il était à l'intérieur, il parcourut rapidement des dizaines et des dizaines de conversations. Pendant ce temps, il connecta le téléphone au port USB de son ordinateur pour télécharger les données tout en continuant à prendre des photos. Depuis son ordinateur portable, il envoya tout à Ice, à Levi et au commandant. Il n'était pas complètement sûr de ce qu'il avait trouvé, mais il devait obtenir des copies de tout aussi vite que possible.

Le cœur battant, courant contre la montre, il poursuivit. *Clic, clic, clic.* Encore et encore jusqu'à ce qu'il en obtienne autant que possible. Il parcourut quelques conversations dans une boîte e-mail et les copia. Ce type avait tout ouvert sur son téléphone. Se rendant compte que réaliser une copie directement depuis la carte mémoire serait plus rapide, Michael la sortit, l'inséra dans son ordinateur et enregistra tout. Une fois qu'il eut terminé, il remit la carte dans le téléphone de Robert et continua à parcourir les messages texte. Il ignorait de combien de temps il disposait, mais il ne cessait de vérifier le portail pour voir quand les véhicules reviendraient.

Enfin, il eut fini. Il se précipita vers l'utilitaire, essuya ses empreintes du téléphone, et cacha le cellulaire entre les deux sièges où il était auparavant. Laissant le van déverrouillé, il rentra chez lui, où il mit du café à infuser. Il aurait préféré une bière, cependant, pas d'alcool durant le service.

Seulement dix minutes plus tard, les véhicules revinrent en trombe. Michael essaya de garder un œil sur ce qu'ils faisaient, mais ils s'étaient dirigés vers l'arrière, où ils ne pouvaient pas être vus. Depuis la fenêtre de sa chambre, il observa Robert qui se précipitait vers la camionnette, ouvrait la portière et vérifiait à l'intérieur. Michael remarqua un air de soulagement sur son visage lorsqu'il trouva son téléphone. Robert rangea furtivement et rapidement le portable et rejoignit l'équipe qui marchait vers la maison. Michael avait dans l'idée que Robert ne laisserait personne savoir qu'il avait perdu son téléphone de vue. Désormais, il espérait que ce qu'il avait extrait du portable de Robert éclairerait grandement ces affaires de meurtres.

Chapitre 19

MERCY SOURIT À Ice lorsqu'elle revint avec deux tasses de café.

— Levi vient de les apporter pour nous.

Mercy rit.

— Ça doit être agréable d'avoir un homme si attentionné.

Ice lui adressa un sourire malicieux.

— C'est vraiment agréable. Je le recommande vivement.

Mercy haussa les épaules, rougissant légèrement.

— Peut-être. Nous verrons.

Ice s'esclaffa.

— Michael est un bon gars. Il était redoutable dans l'armée.

Mercy opina du chef, souriant à sa première impression qui le voyait dans l'armée.

— Il l'est. Il semble un peu perdu aussi.

Elle pensa à ce qu'elle venait de dire et secoua la tête.

— Non, il était perdu, mais il s'est plus que jamais retrouvé désormais.

— C'est une déclaration intéressante.

— Quelles que soient les raisons pour lesquelles il a quitté l'armée, cela l'a conduit à essayer de trouver son chemin cette dernière année. Donc, peu importe ce qu'il fait maintenant, celui ou celle qui l'a appelé pour cette mission lui a rendu un grand service. Il apprécie ce genre de travail.

— Parce qu'il est bon dans ce qu'il entreprend.

Mercy acquiesça.

— C'est vrai.

— Espérons que nous arriverons à le convaincre de travailler pour nous après.

— Il est plus préoccupé par le fait de ne pas vouloir déménager ou d'aimer cette idée. Il a expliqué qu'il était bien où il vivait et qu'il ne voulait pas vivre dans le complexe.

— Deux arguments valables.

Ice réfléchit et resta silencieuse un moment.

— Certains de nos employés vivent en ville ou dans des propriétés à proximité. Tout le monde n'a pas besoin d'être au quartier général.

— Bien. Pas sûr que ça suffise à le convaincre, toutefois.

— Nous avons le temps d'y travailler.

Mercy se détendit, ravie d'être loin du domaine, sachant que quelqu'un veillait sur elle et que des gens continuaient à enquêter sur le meurtre de sa sœur. Elle ne pouvait pas la ramener, mais elle aimerait avoir des réponses et lui rendre justice. Elle se sentait également mieux en sachant que sa sœur avait fréquenté Sammy, même si ce n'avait été qu'éphémère. Anna avait l'air tellement heureuse sur les photos.

Mercy était ravie d'avoir rencontré quelqu'un. La vie avait tellement son lot d'incertitudes. Pendant un moment, elle avait envie de quelques certitudes. Quelque chose sur lequel elle pouvait compter. Comme le soleil qui se lève et se couche chaque jour. Elle souhaitait se réveiller en voyant le visage de Michael, et que ce soit aussi sa dernière image avant de fermer les yeux pour la nuit.

Cela pourrait ne pas arriver pendant un certain temps,

toutefois, elle avait conscience qu'elle déménagerait avec lui en un clin d'œil s'il le lui demandait.

Comme sa sœur, elle s'était sentie piégée par le scénario familial en grandissant.

Sa mère avait été pauvre ; elle et Mercy avaient travaillé dur. Tandis qu'elle était encore à l'école, Mercy avait eu l'impression d'être sur un interminable chemin vers un avenir incertain et sombre. Elle avait été jalouse lorsque sa sœur s'était libérée de cette existence. Elle avait imaginé l'expérience d'Anna de tant de façons. Au fil des ans, elle avait espéré que sa sœur voyageait à travers le monde et était devenue une femme d'affaires indépendante et globe-trotteuse. Elle l'avait placée dans nombre de scénarios différents.

Pourtant, la réalité était tout autre : Anna vivait dans la rue et se prostituait pour se payer sa prochaine dose. Cependant, Mercy ne s'était jamais permis d'y penser bien longtemps. Le fait de découvrir que sa sœur avait décroché un emploi difficile mais honnête au domaine et avait rencontré Sammy, un homme bon, lui faisait chaud au cœur. Elle était tellement triste de ne pas avoir connu Anna à la fin.

Son téléphone sonna quelques minutes plus tard. Ice se dirigea vers la table – hors de portée de Mercy – et le lui tendit. C'était Michael. Elle sourit en décrochant.

— Hé, chéri ! Comment ça va ?

Le grondement de son rire chaleureux lui apporta de la joie.

— Je vérifie comment tu vas.

Un bruit sourd se fit entendre de l'autre côté du télé-phone.

— Michael ? Michael, ça va ?

Le silence suivit. Puis elle put entendre le portable bouger. Une voix étrange dit :

— Il est en sécurité, pour le moment. En revanche, si tu ne te présentes pas bientôt, il ne le sera plus.

— Attendez. Qui est-ce ?

Et la conversation se coupa dans sa main.

MICHAEL SE RÉVEILLA brièvement, les membres attachés, alors qu'il était traîné sur le sol. Sa tête heurta plusieurs pierres et fut secouée. Il tenta de chasser la brume de son esprit, mais l'arrière de son crâne était douloureux. Il se rendit compte que quelqu'un s'était approché de lui par-derrière pendant qu'il était au téléphone et l'avait assommé. Il voulait crier de rage. Tout le monde sur ce domaine était-il corrompu ?

Deux autres hommes s'approchèrent, un de chaque côté de Michael. Chacun lui attrapa un bras et le porta. Puis ils le soulevèrent et le jetèrent à l'arrière d'un pick-up. Son corps entier hurla de protestation. Sa tête tournait, mais, avec beaucoup de difficulté, il réussit à rester conscient. Il fixa l'image de Mercy, son esprit déterminé à rester éveillé. Il y parvint pendant cinq minutes, jusqu'à ce qu'un second coup ne s'abatte sur son crâne. Le monde devint noir.

Chapitre 20

— QUELQU'UN VIENT de frapper Michael ! s'écria Mercy.

Les sourcils de Ice se levèrent tandis qu'elle attrapait son téléphone.

Mercy se pencha sur le côté du lit et saisit la rambarde en métal alors que la pièce se réduisait à un seul point blanc.

— Je me fiche que la chambre tourne autour de moi, lâcha-t-elle avec fureur. Je dois rejoindre Michael.

Après quelques respirations profondes, tout se calma suffisamment pour qu'elle arrache les perfusions de son bras et le sparadrap de ses poignets. Elle lutta pour se lever et se dirigea vers le placard, puis ouvrit les deux portes pour voir s'il y avait quelque chose à l'intérieur. C'était vide.

— Où sont mes vêtements ?

— Doucement. Tu n'iras nulle part, rétorqua Ice.

Mercy se retourna vers elle, sa fureur trouvant une cible.

— Ils ont dit qu'ils allaient faire du mal à Michael si je n'y allais pas.

Elle secoua la tête et regretta.

— Je dois y aller. Ils vont l'échanger contre moi. Je dois l'aider si je peux.

— Tu arrives à peine à te tenir debout, répliqua Ice.

— Peut-être, mais si tu me conduis assez près, je peux faire le reste.

— Hors de question.

Mercy avança le menton.

— Et hors de question que je reste là. Michael a tant fait pour moi. Je ne peux pas le laisser dans le pétrin.

— Aucun d'entre nous ne l'abandonnera. Une équipe se met en place en ce moment. Nous irons le sauver.

— C'est bien, mais nous jouons avec sa vie. Ils veulent me voir en personne. Ils voudront probablement m'éliminer en même temps que lui. Comme ma sœur et Sammy. Ces salauds ne prennent pas un « non » pour une réponse acceptable.

— C'est trop dangereux.

— Je sais. Mais nous avons largement dépassé le stade du danger, lâcha Mercy avec plus de force qu'elle ne l'avait prévu. Cela doit arriver, et cela doit arriver maintenant.

Elle désigna le lit.

— Fais quelque chose de constructif. Trouve quelque chose que je puisse porter. Parce que je sortirai de cet hôpital, même dans cette blouse, avec ou sans toi.

Ice étudia l'expression de Mercy pendant un long moment, puis acquiesça rapidement. Elle courut hors de la pièce. Dès qu'elle fut partie, Mercy s'appuya contre les portes du placard.

— Tu ferais mieux de garder cette bravade pour quand tu en auras vraiment besoin, ma fille.

Elle se dirigea vers la salle de bains, se lava rapidement le visage, utilisa les toilettes, puis revint. Ice réapparut avec un sac.

— Les seules choses portables, ce sont tes sous-vêtements et ton jean, qui sont ensanglantés. J'ai trouvé un sweat dans le bureau des objets trouvés.

Repoussant la douleur, Mercy s'habilla, son esprit cherchant à déterminer comment elle irait dans la propriété.

Pouvait-elle compter sur sa capacité à conduire ?

— Ma voiture est toujours au manoir, n'est-ce pas ?

— Non, elle est garée dans le parking.

— Bien. Tu peux la conduire jusqu'à un pâté de maisons du domaine, puis disparaître, et je la conduirai à l'intérieur.

Ice ne dit rien. Mercy ne savait pas si cela signifiait un accord ou si Ice allait proposer sa propre idée. Elle comprenait qu'elle ressemblait beaucoup à Michael, et que c'était ce qu'ils faisaient. Toutefois, c'était elle qui était appelée à sauver Michael, et rien de ce que Ice ferait ne l'empêcherait d'entrer et de lui prêter main-forte.

Le médecin entra en protestant vigoureusement. Elle lui lança un regard dur et plat, et lâcha :

— Ne serait-il pas agréable que la vie soit parfaite et que je puisse rester au lit pour guérir ? Malheureusement, quelqu'un mourra si je ne me présente pas. Cela rend cette conversation non négociable.

Et elle le dépassa. Elle ignorait quelles seraient les répercussions sur son assurance, et elle s'en fichait. Elle appuya sur le bouton de l'ascenseur, et, avec Ice à ses côtés, elles descendirent au rez-de-chaussée. Dehors, elles marchèrent vers sa voiture, Ice en tête. Mercy monta côté passager et prit plusieurs inspirations profondes.

Ice entra à son tour, démarra l'auto, puis la considéra.

— Tu vas y arriver ?

Mercy lui lança un regard.

— J'y arriverai. Je le dois.

Ice sortit du parking et se dirigea vers le domaine.

— À QUI as-tu envoyé les informations ?

Une douleur frappa sa tête alors qu'une main ouverte le

frappait au visage. Michael tenta de saisir la main alors que sa conscience s'éveillait et le ramenait à la réalité. Il ouvrit les yeux et regarda autour de lui. Quatre agents de sécurité l'encerclaient. Des caisses étaient entassées autour de lui. Il était attaché à une chaise, et, d'après les apparences, il était de nouveau à l'intérieur de cette satanée grotte.

— Quoi ?

Il savait qu'il ne pouvait pas faire semblant longtemps. Cependant, il n'avait laissé aucune trace compromettante sur le téléphone, donc il ignorait totalement comment ils auraient pu être au courant.

— Les informations que tu as prises sur le portable de Robert.

— Quelles informations ?

— Il a laissé son téléphone dans le van.

Michael réussit à afficher un air confus, ce qui était plus facile maintenant que sa tête avait reçu autant de coups.

— Ah oui ?

— Oui. Et tes empreintes étaient dessus.

Merde, il avait dû manquer quelque chose. Non. Ils devinaient.

— J'ai dû freiner brusquement, murmura-t-il. Son téléphone est tombé, donc ma main a dû le toucher.

Le silence suivit. Il essaya de libérer ses mains puis ses jambes, mais s'interrompit.

— De quoi s'agit-il ?

— De trahison, intervint un nouvel homme d'une voix froide, en rejoignant le combat.

Michael tourna la tête sur le côté alors que Freeman s'approchait.

— J'ai été suffisamment trahi dans ma vie. J'ai une réponse facile désormais. Je me débarrasse simplement de ceux qui sont impliqués.

— Je ne vous ai jamais trahi, haleta Michael.

La douleur dans sa tête résonnait dans ses oreilles.

— Eh bien, les hommes ont pris ton ordinateur portable, et Tim est en train d'examiner le téléphone de Robert. Nous verrons bien.

Avec un cœur qui s'enfonçait, Michael se rendit compte que, bien qu'il ait vidé le cache de son ordinateur, et ait fait de son mieux pour supprimer toute trace de ses activités sur le portable de Robert, n'importe quel expert en informatique réussirait probablement à récupérer les données.

— Où est Robert ? demanda Freeman d'une voix ferme.

Les hommes pointèrent vers le fond. Robert était au sol, inconscient. Du sang coulait sous lui.

— Vous l'avez tué ? lança Michael avec horreur.

Il sentait la colère monter en lui. Ses mains étaient attachées avec une sorte d'élastique derrière lui. Ses pieds étaient ligotés avec quelque chose de similaire. Il serait facile de s'en sortir. Il avait seulement besoin d'un peu de temps seul. Ce dont il doutait de disposer.

— Il n'est pas encore mort, mais il le sera bientôt.

— Pour quelle raison ? Parce qu'il a oublié son téléphone dans la camionnette ?

— Oui, exactement.

Michael laissa ses yeux se fermer et sa tête tomber sur le côté. Au moins, Mercy était en sécurité loin d'ici.

— Quand la garce arrive-t-elle ? demanda Freeman.

La question envoya des ondes de choc à travers le corps de Michael.

— Elle devrait être en route maintenant. Je m'attends à ce qu'elle soit là dans cinq à dix minutes.

Quand son téléphone sonna, le gardien le sortit, vérifia le

texto et annonça :

— Elle franchit le portail principal en ce moment.

Freeman hocha la tête.

Sa fureur grandissant, Michael observa Freeman. C'était tout ce qu'il pouvait faire pour garder son expression neutre. Ses doigts reprirent le travail sur les nœuds.

— Qui ?

— Mercy. Ou devrais-je dire la sœur d'Anna ?

Merde ! Donc il avait compris. Il ravala sa panique.

— Oh, mon Dieu, que lui veux-tu ? Elle est déjà à l'hôpital. N'est-ce pas suffisamment grave ?

— Le tir a raté. Ne faites jamais ça en public, dit Freeman aux gardes. Une autre raison pour laquelle Robert est hors jeu. Il a eu de nombreuses occasions de s'occuper de vous deux. Mais il n'en a pas été capable. Après s'être chargé des deux derniers, il a perdu son courage. Il est devenu lâche.

Il désigna le corps à côté des agents de sécurité.

— Assurez-vous de vous en débarrasser rapidement.

Il se tourna vers les grilles ouvertes.

— Quand elle arrivera, butez-les tous les deux et enterrez-les quelque part profondément. Fini de retrouver des cadavres dans des fosses peu profondes, comme les deux derniers.

— C'est ce que vous faites ? Vous tirez sur quiconque se met en travers de votre chemin ? cria Michael.

— Absolument. L'endroit est plein de corps.

Freeman rit.

— C'est l'un des avantages d'avoir beaucoup de terrain.

— Ces personnes ont des familles et des amis qui viendront sûrement chercher leurs proches, déclara Michael avec incrédulité.

C'était un peu trop optimiste.

— Vous ne pouvez pas continuer à assassiner des gens.

— Une dispute il y a quelques années m'a obligé à en éliminer quelques-uns. Puis quelques personnes sont venues à leur recherche, mais heureusement, nous n'avons pas entendu parler d'eux depuis quelques années. Jusqu'à ce que ces maudites femmes de ménage et ces jardiniers se transforment en espions.

Il secoua la tête.

— On ne trouve plus de bons employés de nos jours.

Au bruit d'un véhicule qui arrivait, Freeman se figea.

Michael observa Freeman, constatant l'expression sur son visage.

— Qui est-ce ?

— Ce ne sont pas tes affaires.

Michael tourna la tête et regarda la voiture de Mercy apparaître. Ce n'était pas Mercy au volant ; c'était Bruce. Le véhicule entra complètement dans la grotte. Michael comprit qu'ils se débarrasseraient aussi de sa voiture. Il n'avait aucune idée de l'histoire que Freeman servirait aux flics. La disparition de deux sœurs au même endroit serait sûrement trop suspecte pour que quiconque l'ignore. À moins que les flics ne soient au courant. Et deux détectives l'étaient.

Heureusement, Ice et Levi l'étaient également, et, si quelqu'un d'autre disparaissait, ils veilleraient à ce que la vérité éclate. Il observa avec douleur pendant que Mercy sortait lentement de l'auto. Elle semblait encore lutter contre sa blessure.

Elle lui jeta un coup d'œil et se dirigea vers lui avec hésitation. Elle tomba à ses côtés et l'enlaça, la tête contre sa poitrine. Elle glissa un petit couteau de poche dans sa main.

Il sourit intérieurement.

— J'aimerais que tu ne sois pas ici, chuchota-t-il.

— Comment aurais-je pu rester à l'écart ? C'était le seul moyen de te garder en vie.

Une autre chaise fut tirée à côté d'elle.

— Assieds-toi.

Elle lança un regard dur à l'homme qui donnait les ordres, mais finit par s'asseoir lentement. Seul Michael remarqua la vague de soulagement qui traversa son visage lorsqu'elle fut installée, clairement pas assez forte pour rester debout plus longtemps.

— Qu'est-ce qu'on t'a fait ? Je suis venue pour que vous l'épargniez, pleura-t-elle doucement. Pourquoi faites-vous ça ?

— Parce qu'il le faut, et vous allez mourir tous les deux. Tant pis pour vous, grogna l'un des gardes. Il faut régler les choses avant qu'elles ne s'enveniment.

Elle ferma les yeux et murmura :

— Non, vous n'avez pas à faire ça. Tout le monde sur ce domaine est corrompu ?

— La plupart, confirma-t-il joyeusement. Pas Martha. Elle est dévouée à John et ferme les yeux.

— Mon Dieu, susurra Mercy. Ça dépasse l'entendement.

— Vous voulez qu'on l'attache ? demanda l'un des hommes de main à Freeman.

Elle se prit immédiatement l'épaule et chuchota :

— S'il vous plaît, ne faites pas ça. Je guéris encore de la blessure par balle.

L'homme secoua la tête.

— Ne vous donnez pas cette peine. Elle n'ira nulle part.

Un des types s'approcha de la voiture de Mercy et l'emmena plus loin dans la grotte. Les autres se rassemblèrent autour de Freeman, qui se tenait devant les caisses.

Michael regarda Mercy étudier leur environnement avant de revenir à lui d'un coup d'œil, un sourcil légèrement levé. Il lui adressa un sourire tandis que le couteau dans sa main coupait ses derniers liens. Les hommes ayant le dos tourné, il se pencha et libéra ses pieds. Toutefois, ce n'était qu'une partie de la solution. La prochaine étape consistait à sortir Mercy en toute sécurité.

Il tenait le couteau ouvert, dissimulé dans ses mains libres derrière lui.

Bruce parla à deux des gardes :

— Emmenez-les au fond de la grotte, où la nouvelle section est en cours de construction. Nous les enterrerons profondément là-bas.

Freeman étudiait les caisses pendant que ses hommes allaient se salir les mains en s'apprêtant à tuer d'autres personnes.

Sur un geste de la main de l'un des sbires, Mercy se leva lentement.

— S'il vous plaît, ne me faites pas de mal, sanglota-t-elle.

L'autre homme haussa les épaules. Il pointa vers l'arrière de la grotte.

— Alors, marche toute seule.

Le troisième garde s'approcha de Michael, pensant que deux hommes ne seraient pas de trop pour s'occuper de lui.

Michael jeta un coup d'œil scrutateur pour mesurer les distances et examiner les armes que tenaient les autres gars, puis se rendit compte que ses chances étaient vraiment minces. Dès qu'il commencerait à marcher, ils remarqueraient que ses liens étaient coupés. Il se redressa dans sa chaise tout seul. Lorsqu'il aperçut que Freeman et Bruce s'éloignaient, il tourna le couteau dans sa main et se jeta en avant, poignardant le garde le plus proche directement dans la gorge. La main libre de Michael atteignit le pistolet du mort, et il tira sur le deuxième type. Puis il pivota et envoya une balle directement dans le front du troisième sbire qui se tenait à côté de Mercy. Tout se passa si vite que personne n'eut le temps de réagir.

Mercy et le garde tombèrent au sol en même temps, et elle chuchota :

— Je vais bien. Vas-y.

Il se précipita vers un abri tandis qu'elle s'allongeait, feignant d'être morte. Les trois gardiens étant à terre, et Freeman et Bruce coincés de l'autre côté des caisses, Michael choisit rapidement une position d'où il pensait pouvoir tirer quelques balles. Il n'avait aucune idée de l'enfer que Levi et Ice avaient prévu en surface, mais il aurait les détails plus tard.

— Qui es-tu, Michael ? demanda Freeman. Tu n'es certainement pas un putain de jardinier paysagiste.

Michael lui adressa un sourire féroce.

— Je suis un homme qui aime les plantes.

— Eh bien, tu as arraché ta dernière mauvaise herbe.

Freeman ouvrit le feu et toucha la caisse juste à côté de la tête de Michael.

Le bois éclata, envoyant plusieurs petits morceaux profondément dans son épaule. Il changea de position et se releva juste à temps pour voir Bruce sortir sa tête, cherchant à tirer. Michael appuya sur la gâchette et fit tomber l'homme là où il se tenait. Cela égalisait un peu les chances. Quatre à terre, un à abattre.

— Abandonne, Freeman. Ton dernier employé est mort.

Freeman rit.

— Sûrement pas.

Plusieurs balles fusèrent autour de Michael tandis que le

propriétaire disparaissait plus profondément dans la grotte.

Michael comprit qu'il devait y avoir une autre sortie à l'arrière. Il n'avait pas eu l'occasion d'explorer cette zone en profondeur. Il le suivit rapidement. Il espérait que Mercy resterait en sécurité au sol.

Au fond, il n'y avait que l'obscurité et des ombres, ainsi que les mouvements précipités de chaque créature terrestre susceptible de vivre dans un endroit comme celui-ci. Cependant, avec ses oreilles attentives, Michael entendit les sons de Freeman qui poursuivait son chemin dans la galerie.

Il le fila silencieusement. Le chasseur et la proie. Toutefois, quand il pensa avoir Freeman, le politicien corrompu traversa vers le côté opposé en jurant, puis se tut de nouveau. Michael comprit que les plans de Freeman avaient mal tourné. Il reconnut lui-même le problème. Il y avait eu un léger glissement de terrain, probablement à la suite de la dernière explosion déclenchée pour creuser une nouvelle entrée. Mais au lieu que celle-ci rejoigne la surface, elle était encombrée de rochers écrasés et de débris. Il sourit, accéléra le rythme et retraça rapidement ses pas, tout en gardant un œil sur Freeman qui cherchait toujours un moyen de contourner et de passer devant lui.

La voiture de Mercy séparait les deux hommes.

Freeman étudia le véhicule et se précipita vers la portière du conducteur. Il se glissa sur le siège et démarra le moteur avant d'enclencher la marche arrière. Michael se faufila du côté passager et pressa son arme contre la tempe de Freeman.

— Coupe le moteur tout de suite.

Freeman regarda Michael avec un sourire, et appuya à fond sur l'accélérateur. Il conduisit en marche arrière, droit vers Mercy qui était toujours allongée au sol.

— Arrête ça, rugit Michael.

Freeman secoua la tête.

— Sûrement pas.

Et il accéléra.

Michael pressa la gâchette et tira le volant sur le côté. Le pneu avant droit manqua de peu Mercy. La voiture s'écrasa contre le coin de l'entrée un instant plus tard, le pied de Freeman toujours appuyé sur la pédale.

La tête en sang, Michael resta assis un moment, recouvrant ses esprits, luttant avec les airbags. Puis sa portière s'ouvrit, et le visage de Mercy remplit son regard.

— Es-tu blessé ? s'écria-t-elle.

— Es-tu un ange ?

Avec des larmes dans les yeux, elle murmura :

— Non, je n'en suis pas un, mais tu es mon héros.

Il secoua la tête.

— Non, pas moi. C'était ma vie d'avant. Je ne suis plus du tout un héros.

D'un geste doux, elle lui caressa la joue.

— J'ai de bonnes nouvelles pour toi. Un héros reste toujours un héros. Surtout mon héros.

Et elle disparut de son champ de vision alors que ses lumières s'éteignaient.

Chapitre 21

M ERCY OUVRIT LES paupières et fixa la chambre d'hôpital du regard. Avait-elle tout rêvé ? Elle avait fait des cauchemars tellement horribles qu'elle ne doutait pas que cela puisse être simplement une continuation. Toutefois, un étrange rythme respiratoire l'incita à jeter un coup d'œil sur le côté. Elle vit Michael dans le lit à côté d'elle. Elle étudia anxieusement son visage et remarqua le bandage blanc autour du haut de sa tête. Il avait des taches de sang sur les joues, mais il était entièrement habillé et allongé. Elle tendit la main, mais ne pouvait pas tout à fait le toucher.

— Attention. Doucement.

Ice apparut au coin du lit.

— Quand il se réveillera, il se rapprochera. Pour l'instant, il est dans les vapes.

— Je suppose que notre camp a gagné ? demanda Mercy.

Levi surgit derrière Ice.

— Oui. Nous sommes arrivés trop tard pour éviter à Michael de recevoir plusieurs coups à la tête, cependant, nous sommes arrivés juste à temps pour éliminer les derniers gardes au manoir.

Mercy sourit.

— Avons-nous eu tout le monde ?

— Plus ou moins. Je voulais interroger certains hommes, mais il semble que Michael les ait tués, dit Levi. Il a un peu la main lourde.

— Il en avait besoin. C'était lui contre tous ces malfrats, lâcha Mercy, les yeux fermés, le soulagement et la joie la traversant en entendant que c'était fini et qu'ils survivraient tous les deux. J'avais tellement peur quand je suis arrivée.

— Mais tu ne l'as pas laissé t'empêcher d'agir comme tu le devais, tempéra Levi doucement. Il y a beaucoup à dire sur ce genre de courage.

Elle secoua la tête.

— Je n'ai même pas eu à y réfléchir. Tout ce que je voulais, c'était sauver Michael.

Une main chaude saisit délicatement la sienne. Elle sursauta en voyant les yeux de Michael s'ouvrir et la regarder, son doux sourire affiché rien que pour elle.

— C'est très apprécié, toutefois, j'aurais préféré que tu restes en sécurité.

— Dans ce cas, qui t'aurait donné un couteau pour couper tes liens ? le taquina-t-elle.

— Très astucieux : tomber et faire le mort, admit-il. Je n'étais pas sûr de ce qu'il s'était passé exactement.

Elle sourit malicieusement.

— J'ai appris ce truc sur le terrain de jeu à l'école il y a des années.

Il se tourna légèrement et dévisagea Levi et Ice.

— Je présume que c'est fini ?

Levi opina du chef.

— Le commandant désire te parler.

Les yeux de Michael se fermèrent.

— Plus tard. Bien plus tard.

Puis ses paupières s'ouvrirent de nouveau.

— Vous feriez mieux de ne pas me laisser dans cet hôpital de merde, parce que je ne resterai pas ici toute la nuit, lâcha-t-il d'une voix dure.

— Non, tu ne resteras pas, confirma Ice avec un grand sourire. Cela ne signifie pas que tu seras plus heureux là où tu vas, mais nous ne te laisserons pas ici.

Michael la fixa du regard.

— Et où est-ce ?

Sa voix était plate, monotone, comme s'il s'attendait à une mauvaise nouvelle.

— Mercy et toi allez tous les deux venir chez nous pour vous rétablir. C'est proche et sûr. Cela vous donnera l'occasion de jeter un œil au complexe et de rencontrer le reste de l'équipe. Certains d'entre eux sont de bons amis à toi.

Michael haussa les sourcils.

— Je n'ai besoin de personne pour me surveiller, cracha-t-il avec mépris.

— Ça ne me dérangerait pas, dit Mercy, dont la voix trahissait sa fatigue. J'ai besoin d'une bonne nuit de sommeil, voire une semaine entière.

Michael se tourna, et une douleur traversa ses traits durant ce mouvement.

— Tu vois ? Tu ne te sens pas bien non plus.

Il étudia son regard pendant un long moment.

— Est-ce que c'est là que tu veux aller ?

— Tant que ce n'est ni l'hôpital ni le domaine, et que je suis avec toi, alors c'est parfait.

Michael lui serra doucement les doigts de nouveau, puis considéra Levi et Ice.

— Tous les deux ? Ensemble ?

Levi entoura les épaules de Ice de son bras.

— Je sais qu'il n'y a pas de compromis sur ce point. Cela fait partie des choses contre lesquelles je ne peux pas lutter.

— Et qu'est-ce que c'est ? demanda Mercy, ne comprenant pas tout à fait ce qu'il voulait dire.

Il lui sourit, son regard passant entre elle et Michael puis revenant à Ice, et il chuchota :

— L'amour.

Mercy serra cette fois les doigts de Michael.

— Je suis contente de l'entendre. Je ne veux plus être séparée de lui.

— Et tu ne le seras pas, renchérit Michael avec une promesse dans la voix. Jamais plus.

Avec un sourire, elle ferma les yeux, sachant qu'elle avait trouvé un tout nouvel avenir pour elle-même. Elle dit au revoir à sa sœur et à Sammy, ayant conscience qu'elle ne pouvait plus les aider. Il était temps de se concentrer sur elle et sur Michael. Et elle avait hâte.

Épilogue

YSON ÉTAIT ASSIS à la table de la salle à manger du complexe. Il n'avait pas vu autant d'hommes et de femmes réunis en un seul endroit depuis qu'il avait quitté l'armée. Il ne se serait jamais attendu à ça dans le secteur privé.

Levi prit la parole :

— Tout le monde, voici Tyson Morgan. Jace Colley et lui vont se joindre à nous.

Tyson jeta un coup d'œil à Jace. Puis tous deux regardèrent Michael. Il haussa les épaules.

— Eh bien, j'ai dit que c'était un bon endroit. Vous aviez confiance en moi avant. Faites-moi confiance maintenant.

— Nous ne serions pas ici dans le cas contraire.

Michael sourit.

— Alors, détendez-vous.

Une belle femme désigna la cafetière sur le buffet.

— Vous pouvez vous servir.

Tyson lui offrit un large sourire.

— Merci.

Elle lui rendit son sourire.

— Ne vous inquiétez pas pour ces gars. Ils aboient de façon impressionnante, mais ils ne mordent que si vous êtes l'ennemi.

Jace ricana.

— Espérons que nous soyons tous dans la même équipe ici.

— Nous le sommes maintenant. Mais cela ne signifie pas qu'une personne étrange ne peut pas passer par ici.

Puis la voix de Stone résonna dans l'intercom.

— Véhicule en approche.

Levi se leva et regarda par la fenêtre.

— Bien. Elle est en avance.

Ice eut un petit rire.

— À quoi tu t'attendais ? Kai n'a jamais été en retard pour quoi que ce soit dans sa vie.

Michael prit la parole.

— Kai ? C'est un prénom très inhabituel. Je ne connais qu'une seule personne qui s'appelle ainsi.

Jace et Tyson se tournèrent tous deux vers Levi. Avec prudence, Tyson demanda :

— L'experte en armement ?

— Elle est dans le privé maintenant. Elle travaille pour l'une des entreprises de défense militaire. Mais oui, elle vient ici pour discuter de la formation complémentaire que nous allons tous suivre.

Tyson ressentit un frisson d'intérêt à l'intérieur. Ce qui était un progrès par rapport à tout le reste qui avait été simplement morne depuis si longtemps. Depuis qu'il avait quitté l'armée – ses idéaux ayant été brisés par la trahison d'un ami –, rien ne l'avait intrigué. Il n'avait même pas choisi de venir ici, il avait plutôt suivi Jace et Michael. Surtout Michael, en grande partie. Si cet endroit était assez bien pour sortir ce dernier de sa retraite, peut-être que c'était là que Tyson devait être aussi.

Kai… Eh bien, il se souvenait d'elle comme d'une petite

dynamo brune capable de remettre un homme à sa place en quelques secondes. Pas seulement par le ton de sa voix, mais surtout parce qu'elle était militaire jusqu'au bout des ongles. Aucun des gars ne se serait opposé à elle. Ils la respectaient et l'admiraient. Et il avait conscience que plus d'un d'entre eux avait dit qu'elle était en tête de leurs fantasmes.

Tyson jeta un coup d'œil à Michael et vit le rire sur son visage. Mercy, la partenaire de Michael, l'embrassa sur la joue. Michael l'enveloppa d'un bras et la serra contre lui. Ils étaient nouveaux en ville. Apparemment, ils avaient acheté un terrain ensemble et faisaient construire juste à côté du complexe. Pas une mauvaise idée. Il y avait un peu de confusion quant à l'avenir de Mercy, sauf concernant une partie : elle était fermement attachée à Michael.

Tyson ignorait ce que cela faisait. Il était seul depuis toujours. Enfin, depuis qu'il avait perdu sa femme et son enfant. Il semblait que sa vie avait connu tellement de bas depuis si longtemps qu'il ne savait même plus quels étaient les hauts. Il mettait un pied devant l'autre, parce que c'était ce qu'il devait faire. Cependant, le cœur n'y était pas depuis longtemps.

Il se serait senti perdu sans Michael au cours de l'année écoulée.

La porte s'ouvrit en grand, et la même dynamo brune qu'il se rappelait bien entra, avec un sourire éclatant.

— Bonjour à tous. Prêts pour un peu de fun ?

Son regard passa de l'un à l'autre, presque comme si elle les comptait mentalement, ajoutant des noms, jugeant et évaluant. Lorsqu'elle étudia Tyson, elle inclina légèrement la tête et dit :

— Bonjour, Tyson. Comment vas-tu ?

Et un vieux souvenir fit frémir Tyson : Kai avait été la

meilleure amie de sa femme lorsqu'ils étaient jeunes. Et la douleur ne semblait jamais s'arrêter. Il hocha la tête.

— Je vais bien. Et toi ?

Elle leva les sourcils, prenant son mensonge pour ce qu'il était.

— Tu ne vas pas bien. Tu vas à peine. Tu es encore en mode survie.

Elle se frotta les mains l'une contre l'autre.

— Et c'est une bonne chose. Parce que je suis venue ici pour botter quelques derrières. Dont le tien.

C'est la fin du tome 10 de
Héros à louer : La Grâce de Michael.
Découvrez la suite avec *Le Trésor de Tyson : Héros à louer,*
tome 11

Héros à louer : Le Trésor de Tyson (tome 11)

Après avoir perdu sa femme et son enfant, il y a quelques années, Tyson pense être enfin prêt à reprendre le cours de sa vie. Alors, lorsque Kai, la meilleure amie de son épouse, mentionne avec désinvolture qu'elle est victime d'un harceleur, il accepte de l'aider. Il s'aperçoit rapidement qu'être à ses côtés, de quelque manière que ce soit, lui semble bien plus naturel que n'importe quoi d'autre, depuis très longtemps.

Avant même que Tyson n'épouse sa meilleure amie, Kai s'était éprise de lui. Malheureusement, dès que sa meilleure amie eut posé les yeux sur lui, tout s'était enchaîné. Dans le cadre d'un nouveau programme de formation développé par son entreprise, Kai est, aujourd'hui, chargée d'une démonstration chez *Legendary Security*. Tyson figure dans le groupe de stagiaires. Kai renoue alors avec des émotions qu'elle pensait définitivement endormies. Certes, sa vie a changé radicalement depuis, mais son cœur a toujours été à lui. Admettre qu'elle a un problème, qu'elle est incapable de le gérer seule, n'est pas chose facile pour une dure à cuire comme elle. Mais Kai ne peut pas minimiser, longtemps, le harcèlement dont elle fait l'objet, surtout pas avec Tyson.

Au fur et à mesure qu'ils s'aventurent dans ses problèmes et dans leurs sentiments, les complications se multiplient jusqu'à devenir… fatales.

Le tome 11 est disponible dès aujourd'hui !
Pour en savoir plus, visitez le site web de Dale Mayer.
https://geni.us/FRDMSTyson

Note de l'auteure

Merci d'avoir lu *La Grâce de Michael, Héros à louer, tome 10* ! Si vous avez apprécié le livre, merci de prendre un moment pour laisser votre avis.

Chers lecteurs,

J'aime avoir de vos nouvelles, alors n'hésitez pas à me contacter sur mon site web : www.dalemayer.com ou sur ma page d'auteure Facebook. Pour être informés des nouvelles parutions et des offres spéciales, inscrivez-vous à ma newsletter ou suivez-moi sur BookBub. Si vous souhaitez rejoindre mon groupe de lecteurs, voici la page d'inscription sur Facebook.
http://geni.us/DaleMayerFBGroup

À bientôt,
Dale Mayer

À propos de l'auteure

Dale Mayer est une auteure de best-sellers au classement de *USA Today*, connue pour ses romances militaires sur les forces spéciales, sa série *Psychic Visions* et sa série *Jolis Jardins Maudits*, dans le genre cozy mystery. Ses romances contemporaines sont vibrantes d'émotion et de passion (série *Broken But... Mending, Hathaway House*). Ses thrillers vous laisseront à bout de souffle (séries *By Death* et *Kate Morgan*) et ses comédies romantiques vous feront rire aux éclats (*It's a Dog's Life*, une novella hors-série, et la série *Broken Protocols* avec Charming Marvin, le chat).

Elle laisse libre cours aux séries qui lui viennent... dont certaines sont carrément folles, enfreignant toutes les règles et croisant différents genres !

En plus de ses romans de fiction, elle écrit également des textes documentaires dans de nombreux domaines, dont la rédaction de CV, le jardinage de loisir et le système de crédit immobilier américain. Elle a récemment publié la série professionnelle *Career Essentials*. Tous ses livres sont disponibles aux formats papier et ebook.

Contactez Dale Mayer en ligne

Site web de Dale – www.dalemayer.com
Twitter – @DaleMayer
Facebook Page – geni.us/DaleMayerFBFanPage
Facebook Group – geni.us/DaleMayerFBGroup
BookBub – geni.us/DaleMayerBookbub
Instagram – geni.us/DaleMayerInstagram
Goodreads – geni.us/DaleMayerGoodreads
Newsletter – geni.us/DaleNews